U0109908

偵探小說的魅力

精采推理

侯敏＼著

認識大陸作家系列

前　言

侯敏

　　偵探小說，又稱推理小說、破案小說、懸疑小說、驚悚小說。有的學者統稱為驚險小說（包括偵探小說、間諜小說、破案小說）。稱呼不同，所指也不盡相同。我們所說的偵探小說，是由美國文壇怪傑愛倫坡於十九世紀中葉發軔的一種通俗文學的樣式。那就是：描寫刑事案件的發生和破案的經過，常以協助司法機關專門從事偵探活動的偵探作為中心人物，刻畫他們的機智和冒險，情節曲折生動。這類作品以嚴密的推理和精巧的懸念見長，深受世界各地讀者的歡迎。

　　然而，偵探小說比起高雅文學來，被一些人視為「不登大雅之堂」之作。它猶如荒野上的野花，招致大眾讀者蜂蝶般的吮吸。但人們在欣賞過後便揚長而去，不再問津。至於對偵探小說進行透徹的評估和研究，比起汗牛充棟的嚴肅文學研究，那就微乎其微，少得可憐了。當然，海內外不乏有識之士探跡索隱，鈎沉致遠。例如，美國學者韋爾斯的《偵探小說技藝論》，是剖析偵探小說創作技巧的專著；英國作家朱利安・西蒙斯的《血腥的謀殺──從偵探故事到犯罪小說的歷史》，是回顧偵探小說歷程的力作；前蘇聯作家阿・阿達莫夫的《我喜愛的寫作體裁──偵探小說》，是總結偵探小說創作經驗的小冊子；日本學者全田萬治的《論現代推理小說》，是探討偵探小說路向的理論著作；中國的程小青、施咸榮、傅惟慈等先生在涉獵西方偵探小說的基礎上發表的數篇論文，彌足珍貴。儘

管一些有識之士對偵探小說有所論述，但總的來說，偵探小說巨大的銷售量，與人們對它的研究構成反差，兩者實在不相稱。

偵探小說的價值存在於它的情節結構中，存在於它與讀者的關係之中。人們只有在適當的場合鑒賞它時，才能認識它並實際地評價它。筆者在一段時間內涉獵了眾多的西方偵探小說作品，伏案靜讀，倒也樂在其中。篩選鑒別，凝神默想，心中浮出幾絲感念，覺得有必要從文學的角度探討一下西方偵探小說的發展線索。於是筆者下了很大功夫梳理和評估了西方偵探小說的代表作品，為讀者描繪出一幅西方偵探小說「大觀園」的素描。

對西方偵探小說進行系統而透徹的研究，並非易事。首先，面臨選擇角度的問題。西方偵探小說名家太多，難以計數，如何選擇？筆者擇取其在偵探小說史上有較大影響的作家論述之。西方偵探小說作家創作甚豐，如母雞下蛋，他們的作品少則幾部，多則往往幾十部，甚至高達百部，如何取捨？筆者挑選一、二部有代表性的作品進行重點解剖，闡述其寫作手法和特色。西方偵探小說作家在眾多的作品中塑造了不止一個偵探形象，如何處理？筆者取其最有特色和影響的偵探形象論述之，其餘從略。筆者有理由認為，本書所論述的對象是名家名篇，有一定的經典性和代表性。但受資料囿限，本書當中定會存在遺珠之憾。

其次，遇到的是評價方法問題。文學作品的評價方法多種多樣，因人而異，因文而異。作者在本書中採用的方法是：其一，印象加實證的方法。筆者先描述偵探小說的故事梗概，給讀者一個對作品的印象，明確作品的要旨，然後根據作品的情節和細節加以說明和確證，從而構成對偵探小說作品的印象體驗。其二，具體—抽象—具體的方法。筆者在大量閱讀西方偵探小說作品的基礎上，領會偵探小說的創作特色，又根據作品中的生動實例加以具體闡述，

知識性與趣味性相結合。其三，歷史的和美學的方法。筆者把書中各偵探小說作家放在一定歷史範圍內審視，調度其歷史位置，然後分析其相應的藝術技巧（主要是運用懸念刻畫人物和描寫事件的技巧）。筆者在書中採用上述三種評價方法，網合整取，品評分析。

何謂經典名著？學術界是有一些共識的：經典名著指的是人類智慧的遺產，是精華中的精華，它們在原創性、深刻性、優美性等方面是無與倫比的。經典可以反覆閱讀。閱讀經典可以使我們對這個世界、這個社會、對我們自身有新的認識，有更深刻的瞭解。筆者在書中所評論的西方偵探小說，確實具備經典性，但並不意味它們完美無缺。事實上，它們都存在著某種程度上的缺陷。用歷史唯物主義的觀點來審視西方偵探小說作品，就會發現它們在思想傾向上存在個人英雄主義（這從偵探小說作家塑造的私家偵探身上可以見出）。儘管這樣，西方優秀的偵探小說對於我們今天的讀者來說仍有認識和益智價值。

本書收入的兩個附錄：（一）西方偵探小說在近代中國的傳播；（二）西方學者高羅佩對中國公案小說的革新，是筆者研究偵探小說史料的筆記，有助於讀者開闊視野，加深對西方偵探小說的理解。並非多餘，因而一併收入本書。

目　次

前言 i

一、多元世界的獨特存在
　　——西方偵探小說的演進軌跡 1

二、筆路藍縷　以啓山林
　　——愛倫坡偵探小說的開創性貢獻 11

三、《白衣女人》和《月亮寶石》
　　——柯林斯偵探小說的實績 23

四、大名鼎鼎的福爾摩斯
　　——柯南道爾偵探小說的魅力 33

五、險象環生的義俠傳奇
　　——盧布朗《水晶塞子》透視 55

六、血腥謀殺的全景掃描
　　——阿嘉莎‧克莉絲蒂偵探小說的範型 65

七、銳意偵破斯芬克司之謎
　　——艾勒里‧昆恩《希臘棺材之謎》探微 81

八、運智鬥法的探案故事
　　——賈德諾《怪新娘》賞析 91

九、「密室之謎」上的高度造詣

　　──狄克森・卡爾《亡靈出沒於古城》細析 103

十、華裔偵探顯神威

　　──厄爾・德爾・畢格斯塑造的陳查理形象 111

十一、沉雄勁健的「硬漢派」

　　──漢密特和錢德勒的偵探小說風格 115

十二、平凡而神奇的麥格雷警長

　　──「西姆農現象」管窺 129

十三、寓意深妙　文思渾厚

　　──杜倫馬特偵探小說的美學意蘊 141

十四、風靡全球的文苑奇葩

　　──偵探小說轟動效應探析 155

附錄一：西方偵探小說在近代中國的傳播 163

附錄二：西方漢學家高羅佩對中國公案小說的革新 173

參考文獻 179

一、多元世界的獨特存在

——西方偵探小說的演進軌跡

　　偵探小說是世界近現代文學園地裏的一朵奇葩。十九世紀中葉在美國萌發，二十世紀上半葉在英國興盛，第二次世界大戰後又在美國形成熱潮，並影響到日本。偵探小說一直在大眾讀者中熱傳。柯南道爾的《福爾摩斯探案集》，阿嘉莎・克莉絲蒂的偵探小說作品以及美國雷蒙德・錢德勒、邁克爾・康奈利、瑞典的舍瓦爾等偵探小說大師的經典作品，在不同程度上引領這一股「欲罷不能」的閱讀熱潮。經典的偵探小說之所以能夠長盛不衰，是因為它們所依賴的懸念並非故弄玄虛，而是藉助偵探懸疑的外表，表現了人性的內涵，同時又在技巧表現方式上，層層推進，真正抓住了讀者的興奮點。二十世紀下半葉，由偵探小說作品蔓延到偵探故事懸疑話劇，再發展到偵探故事電影和電視，構成了「偵探題材」熱之現象。現在，英美兩國每年出版的小說中，偵探小說約占四分之一。不亞於其他題材的文學作品。偵探小說這匹「黑馬」異軍突起，汪洋恣肆，顯示了旺盛的生命力。偵探小說已成為二十世紀擁有讀者群最多的文學體裁，不是沒有緣由。因此，有必要探究偵探小說的來龍去脈。

（一）淵源

　　偵探小說是以偵查—推理—破案為主題，是關於破案的特殊故事，是對現實生活的特殊剪裁。偵探小說的產生有著深厚的社會根源和文學淵源。

　　偵探小說的題材是人類社會的犯罪問題。從人類社會形成以來，犯罪這一現象也就隨著產生。它產生的原因很複雜，其表現形式也多種多樣，它與人類社會的政治、經濟制度和社會問題有著極其密切的關係。

　　以反映社會生活為己任的文學不可避免地要接觸到犯罪問題。古往今來，不少大作家都透過犯罪問題，分析人物的性格，解剖社會的問題，探究犯罪的生理、心裏原因與社會根源。古希臘劇作家索福克勒斯創作的悲劇《俄狄普斯》犯罪問題中的那個俄狄普斯，無意中犯下了殺父取母的罪過，後來真相大白，在悲憤中，他刺瞎雙眼，流浪而歿。這個著名的悲劇反映了人類對自身無法抗拒命運擺弄的痛苦思索，體現了人類的原罪意識。莎士比亞的劇本《哈姆雷特》中的哈姆雷特，面對叔父克勞迪斯的殺父篡位之仇，追究探尋，憂心如焚，明知自己要做什麼，卻不知怎麼做，最後毅然決然地把復仇的利劍刺向仇敵。這兩個劇作都是從已發生的悲劇開始，從災難與罪惡的勝利開始，以凶殺為要點，而其必然的結局——揭出罪犯。這兩個劇本都涉及到神祕的凶殺案，從廣義上講，具備後來的西方偵探小說的某些因素。

　　犯罪問題是社會問題的集中表現，抓住了犯罪問題，也等於抓住了社會的弊端。在西方文學史上，一些著名作家把自己的筆觸伸向犯罪問題，司湯達從一個犯罪事件中得到啟發，寫出了《紅與黑》，揭示了社會的不平等現象；杜思妥也夫斯基的《罪與罰》是一部震撼人心的小說，這個關於犯罪與贖罪的故事，準確地再現了沙皇統治下俄國令人窒息的氣氛；德萊塞的《美國的悲劇》透過一個犯罪事件，真實地揭示了金錢對道德的敗壞作用。巴爾札克和狄更斯在小說中也描寫了一些犯罪故事。

　　但是，西方文學史上的索福克勒斯、莎士比亞、巴爾札克、狄更斯、司湯達、德萊塞、杜思妥也夫斯基文學創作中所描寫的

犯罪故事都不屬於嚴格意義上的偵探小說，它們只能算得上是偵探小說的文學淵源。十九世紀中葉以來萌生的偵探小說是作為「邏輯小說」而誕生的。按愛倫坡的定義，就是偵探破案和神祕的氣氛，最常見的是，在破案過程中出現了一個非凡的人物，即一個有才智而獨擅其術的偵探，出奇制勝；偵破的成功在於細緻的觀察，精闢的分析和最新科學成果的運用。這類作品一般都寫得佈局巧妙，情節緊張，透過偵查、推理過程給讀者以智慧上的錘煉。

（二）濫觴

開創偵探小說體例的，是十九世紀美國作家愛倫坡，他被公認為世界偵探小說的鼻祖。愛倫坡寫的這類短篇小說有〈毛格街血案〉、〈瑪麗·羅傑特疑案〉、〈盜信案〉、〈金甲蟲〉、〈你就是殺人兇手〉五篇。愛倫坡的這五篇短篇小說為後來偵探小說建立了五種常用的模式。〈毛格街血案〉寫的是一間門窗緊鎖的房間裏發生的殺人案，毫無疑問，愛倫坡首創了偵探小說中的「密室殺人案」之故事情節。〈瑪麗·羅傑特疑案〉描寫坐在安樂椅上的偵探，憑邏輯推理就能破案，為後來根據文字或口述材料，運用嚴密推理破案的小說創立了先例。〈盜信案〉寫了一樁關係到某貴人名譽的重要失竊案，提出為人忽略的事物常常是破案的關鍵。〈金甲蟲〉描寫了主人公破譯密碼，從而發現寶藏的位置。〈你就是殺人兇手〉既有誣陷，又有偵查，佈局巧妙，罪犯是偵探本人。愛倫坡所寫的被稱為偵探小說的五篇當中，有三篇破案的主人公是業餘偵探杜賓，這是西方偵探小說史上第一個偵探形象。愛倫坡創造了這個頭腦非常聰穎、性格有些浪漫的超人式的英雄。總之，愛倫坡的這五篇短篇

小說，奠定了偵探小說的基型，即揭露罪犯的暴行，描寫美與惡的較量，既激起人們的好奇，又給人一種警告。它提醒人們怎樣和為什麼發生犯罪，如何觀察、思考、防備和鬥爭。這樣，隨著城市的增多，隨著社會的都市化，偵探小說也就日益興盛起來。

（三）滋長

愛倫坡開創了偵探小說的體例後，這個深受讀者歡迎的文學品種立刻受到越來越多的作家的關注，他們紛紛仿效，豐富且充實了偵探小說的武庫。

十九世紀下半葉起，版權法的變更，較便宜的林木紙漿的發明、黃色新聞的出現和成人識字的普及，都使廉價讀物存在成為可能，出現在廉價刊物上的偵探故事得到讀者青睞。英國作家柯林斯的《白衣女人》和《月亮寶石》最初便是以分章付印的形式出版的。在這兩部作品中，柯林斯豐富了偵探小說的特質：貫串在小說情節中的「祕密」——懸念。小說中的最重要的方面——「為什麼？」在柯林斯那裏佔據了首位。對這個問題，愛倫坡研究得較少。《白衣女人》的出現似乎是小說家從事這一體裁寫作的標誌。懸念藝術得到了較為成功的發揮和運用。《月亮寶石》從一開頭就完全以虛構的、純偵探小說的情節為基礎，塑造了一位偵破被盜寶石的英雄——卡夫警官。警官作為正面形象出現在文學作品中，反映了當時一個事實，即十九世紀中葉以後，在倫敦、紐約、巴黎和其他大都市，陸續成立了在政府控制下的警察廳偵緝機構，從這時起，警察在人們的心目中逐漸成為社會治安、人民財產的維護者。

在歐洲大陸，法國偵探小說作家愛米爾·加波利奧（1833-1873）同樣為偵探小說的發展作了一份貢獻。加波利奧的代表作品是《奧

西凡爾的犯罪案》（1867）以及死後出版的《巴提尼奧爾的小老頭》（1876）。他寫的以警察局長列科克為主角的偵查破案小說對後嗣影響較大。繼加波利奧之後，法國還相繼出現了不少偵探小說作家，如弗爾特納·波斯高貝（1824-1891），嘉斯東·萊魯（1868-1927）以及後來以寫「亞森羅蘋探案」而為人們所知曉的莫里斯·盧布朗（1864-1941）。但由於法國的文化傳統和社會背景的關係，偵探小說在法國文學中沒有地位，沒有出現類似英美兩國的繁榮局面，直到二十世紀三十年代用法語寫作的西姆農偵探小說的崛起，才趨於活躍。

　　體例周詳、流傳最廣的偵探小說，是英國作家柯南道爾寫的「福爾摩斯探案」。柯南道爾首次在《血字的研究》中賦予福爾摩斯以非常富於個性的獨特性格，透過他生活上種種細小的癖性和習慣，創造出一個血肉比較豐滿的偵探形象。可以這樣說，直到《福爾摩斯探案集》問世後，西方偵探小說才臻於完善。柯南道爾寫的《福爾摩斯探案》，涉及到英國當時的社會現實，突出表現了道德問題、犯罪問題以及殖民主義問題。圖財害命、通姦謀殺、背信棄義、專橫跋扈、巧取豪奪、強盜行兇、奸徒肆虐……無不在小說中得到反映。小說結構嚴密，絲絲入扣，起伏跌宕，引人入勝。柯南道爾偵探小說的寫作技巧對後來產生了相當大的影響。用華生回憶並直接參與偵探的手法，使人覺得像聽故事一樣舒適；把行動與知識結合起來，進行邏輯推理使人感到真實可信；對驚險場景的描寫和構思，常常為後來的偵探小說所借鑒。

　　福爾摩斯偵探案之所以能風靡一時，不能忽略當時的社會條件。在福爾摩斯誕生的時代，一個擁有資財和閒暇時間讀書消遣的中產階級已開始在英國形成，他們需要一個能夠保護自己財產和地位、懲罰破壞社會安定的力量，福爾摩斯就是代表這一勢力的超人

英雄；他們需要這樣的文學作品：罪惡得到懲罰，正義得到伸張，既給他們帶來驚悸恐怖、又使他們得到快感和滿足。福爾摩斯可以說是應運而生。

比柯南道爾稍後出現的英國偵探小說作家 G‧K‧切斯特頓創作的短篇小說集，藝術性較強，切斯特頓塑造了一位依靠直覺推理判案的布朗神父，在西方偵探小說中別具一格，佔有一席之地。

（四）黃金時代

在兩次世界大戰時期，西方偵探小說人才輩出，爭奇鬥豔，銷路廣，讀者多，呈現出繁榮鼎盛的局面，被稱為「黃金時代」。

黃金時代的偵探小說名家眾多，風格也各不相同。其中有些作家，如英國的阿嘉莎‧克莉絲蒂、美國的艾勒里‧昆恩、厄爾‧斯坦利‧賈德諾等的作品流傳較廣，影響較大，在藝術上也有一定的特色。克莉絲蒂以對血腥謀殺的全景掃描見長，她塑造的私人偵探白羅在西方膾炙人口；艾勒里‧昆恩在構擬「黑箱」結構時，總是給予讀者一個自己解開疑案的平等機會；賈德諾採用公堂對白的戲劇方式，剝繭抽絲，解開疑案。克莉絲蒂、昆恩、賈德諾這些作家在很大程度上把他們的創作當作娛樂讀者的猜謎遊戲，他們基本上遵循偵探小說經典著作的固定模式：罪案佈置得很巧妙，看上去毫無破綻，警方難以破案，主人公偵探與讀者同時獲得同樣線索，但偵探智力更高，略勝一籌，透過嚴密的邏輯推理和科學分析，最後揭示謎底，使讀者恍然大悟。這個模式直到三、四十年代「硬漢派」偵探小說問世，才予以突破。

此外，黃金時代的其他一些作家的作品也各領風騷，知名度較高。例如，美國偵探小說家 S‧S‧范‧達恩（真名威拉德‧杭廷

頓・萊特，1889-1939）筆下的偵探菲洛・萬斯；美國偵探小說家厄爾・德爾・畢格斯（1884-1933）塑造的夏威夷華裔偵探陳查理；美國偵探小說家雷克斯・斯多托（1886-1975）創造的身體肥胖且富有幽默感的尼羅・沃爾夫偵探形象；英國著名的偵探小說家瑪傑里・阿林厄姆（1904-1966）創造的坎皮恩偵探形象，以及英國女作家道洛西・賽耶斯（1893-1957）創造的彼得・威姆偵探形象，也都是有鮮明的個性，受到讀者的廣泛歡迎。

　　二十世紀三、四十年代，傳統的偵探小說發展到它的極限，正如對偵探小說頗有研究的英國作家毛姆所說：「所有的背景都用過了——色塞克斯郡、長島或弗羅里達的鄉間別墅中的晚會、成年累月沒有發生過事件的沉寂的莊園、洶湧海濤包圍的孤島城堡。所有的線索都用過了——指紋、腳印、煙蒂、香水、香粉、髮絲。無懈可擊的證明不在犯罪現場的理由都用過了——偵探破譯的密碼信、長得一模一樣的孿生兄弟以及祕密地道等。每一種謀殺方法，每一個偵察技巧，每一種想不讓讀者有所察覺的狡計，每一階層的生活中的每一個行動場合，都已被一再使用過，因而純粹靠推理的小說已經不新鮮了。」窮則思變。「硬漢派」偵探小說作家大刀闊斧，對經典偵探小說進行了革新。

　　「硬漢派」作家以美國的漢密特和錢德勒為代表。後來有美國作家 R・麥克唐納和 M・斯皮蘭等人。他們筆下的偵探所以被稱作「硬漢」，是因為主人公已不再是醫生、律師、學者，而是美國西部牛仔式的好漢，這類偵探善於跟酒與女人打交道，偵查破案更多借助於拳頭和手槍。硬漢派偵探是臂力和腦力並重，尤重前者。這一派作品，無論在敘述故事和刻畫人物方面，與傳統的偵探作品都有明顯的不同，他們摒棄了黑白分明的是非概念、浪漫主義的聳動性和過於明顯的偵查線索，在一定程度上反映了社會生活，並對城

市政治和黑社會活動進行了揭露。戰後幻想的破滅和自然主義的流行，這些現象在硬漢派小說中都有所反映。在他們的作品中，人物不再是為情節需要而安排的類型，偵探本人也不是萬能的英雄，他們有自己的弱點，也常常落入非常尷尬的處境。漢密特小說中的偵探斯佩德本身就是英雄加痞子的角色；錢德勒筆下的私人偵探菲利蒲・馬洛儘管人品非常正直，也是不斷動用手槍出生入死的亡命徒。硬漢派偵探活動的背景已從華麗的客廳搬到平常的場所。因而，這類偵探小說能夠在某種程度上反映現實，接近真正的文學作品。

在黃金時代的作家中，還有一些力圖把偵探小說提高到嚴肅文學水平上來的人。他們孜孜以求，成績卓著。用法語寫作的比利時作家西姆農和用德語寫作的瑞士作家杜倫馬特，就屬此類。西姆農的作品首先是用心靈的溫情充實了偵探小說這一體裁，它塑造的「平民百姓般的人物」麥格雷警長充滿現代人道主義精神。西姆農的作品著重剖析犯罪的原因，而不僅僅關心誰犯了罪。在某種程度上，他的每一部偵探小說都是一部犯罪心裏的研究。同樣，瑞士當代著名作家杜倫馬特精雕細刻，力圖把偵探小說「作為美學上的一種虛構的角色」，對現代社會中的犯罪和道德問題進行探索。杜倫馬特的代表作《諾言》和《法官和他的劊子手》寓意深妙，文思渾厚，震撼讀者的心靈，為當代偵探小說開闢了一條新的途徑。

「黃金時代」過去之後，西方偵探小說相對來說呈現頹勢。雖然湧現了不少在結構和手法上同偵探小說相關的間諜小說，但這些小說不過用當時最激動人心的社會問題和政治問題加以點綴罷了。從整體上看，當代的西方偵探小說沒能實現超越。

（五）歷史的反思

作為通俗文學之一的偵探小說，在一百多年來的歷史演進過程中，湧現出一批很有影響的優秀作家，他們在作品中塑造出各具特色、伸張正義的偵探形象。他們的作品頗具積極意義，在今天也有值得一讀的價值。

檢視西方偵探小說的發展歷程，我們可以發現西方偵探小說的路向。

1、創作方法由浪漫主義走向現實主義

西方偵探小說在早期階段大多具有浪漫主義的奇異性。作家在作品中著意描寫奇人、奇事、奇境。愛倫坡的〈毛格街血案〉和柯林斯的《月亮寶石》中的偵探，他們的性格有點古怪，卻能靠驚人的推理能力，答疑解惑。後來，從柯南道爾開始，西方偵探小說在繼承過去的基礎上進行了深化處理。西姆農塑造出麥格雷那樣的富有人情味、懂得人間酸甜苦辣的偵探形象，錢德勒塑造出菲利蒲·馬洛那樣的懷抱時代理想而又具現實感的偵探形象。「黃金時代」的偵探小說大師注重在社會的典型環境中塑造偵探的性格。

2、情節結構由濃厚的猜謎成分轉向重視剖析複雜的犯罪心裏

西方偵探小說作品貫穿著錯綜複雜的矛盾結構。結構之嚴謹、佈局之細密、故事之驚顫，是偵探小說作家追求的目標，也是偵探小說吸引讀者的魅力所在。從愛倫坡開始，西方偵探小說作家，苦心設計形形色色、奇特而精湛的懸念結構，讓讀者猜謎，以達成「出

人意外」，又在「情理之中」之效果。到了「黃金時代」，西方偵探小說一方面發揚了原有的濃厚的猜謎成分，另一方面又呈現出重視剖析複雜的犯罪心裏的趨勢。不錯，偵探小說作品總是在嫌疑與排除、矛盾與解脫、偶然與必然、肯定與否定、可能與不可能、正常與反常的對立中展開情節，而這種情節處理同剖析案件嫌疑者和罪犯的複雜心裏結合起來，就會更好地深化人物的性格和作品的主題。西姆農和杜倫馬特在作品中出色地剖析了複雜的犯罪心裏，具有探討社會問題的深刻性。

西方經典偵探小說是由美國文壇怪傑愛倫坡在標新立異的文學創作中發軔的。後來，熱衷於偵探小說創作的作家蜂擁而起，紛至杳來。沿襲者有之，創新者有之。美國「硬漢派」作家用冷面硬漢的偵探形象打破了經典偵探小說的格式，開創了一代新風。到了第二次世界大戰後，一些西方偵探小說作家走向極端，渲染恐怖、凶殺和色情，這些庸俗的作家迎合讀者的低級趣味，粗製濫造。偵探小說家若是陷於俗套之中而不能自拔，其作品就如泡沫一樣是短命的。唯有那些觸及社會問題，涉及人的道德精神的面貌，描寫人類命運的偵探小說才具有生命力。

二、篳路藍縷 以啟山林
——愛倫坡偵探小說的開創性貢獻

1841 年 4 月，美國《葛雷姆》雜誌上發表了一部短篇小說〈毛格街血案〉，此作一問世，便引起相當大的轟動。作者是美國文壇怪傑愛倫坡。恐怕連愛倫坡本人也沒意識到：在他生活拮据時靠撰稿養家糊口所寫的這部小說，卻宣告了一個新的文學體裁的誕生。鑒於愛倫坡篳路藍縷，以啟山林的業績，後來，人們公認他為西方偵探小說的鼻祖。

愛倫坡（1809-1849）是美國卓爾不凡的詩人、文藝評論家和小說家。在短短的四十年生涯中，他一共寫了五十餘首詩，三篇重要詩論，七十餘篇短篇小說，以及一些為了掙錢糊口急就而成的時文評論。在美國文學史上，愛倫坡佔有重要地位，在世界上也有很大影響。具有權威性的《大不列顛百科全書》第十五版第十卷是這樣評價愛倫坡的：「坡與同時代的歐文、庫柏、布萊恩一樣，是開創真正地道的美國文學的先驅者之一，是美國哥特式小說和整個偵探小說的創造者，他把神祕和恐怖的文學發展到一種前所未有的程度。他的神祕故事和偵探小說，以及恐怖故事中的幽冥氣氛，在美國文學中是無與倫比的」。

愛倫坡是靠他創作的五篇短篇小說奠定其偵探小說鼻祖地位的。這分別：〈毛格街血案〉、〈瑪麗‧羅傑特疑案〉、〈盜信案〉、〈金甲蟲〉和〈你就是殺人兇手〉等五篇。數量不多，可篇篇富有創意，開創了偵探小說的經典模式。一百多年來，世界各國的偵探小說作

家競相師法，步其後塵。愛倫坡在前三篇中塑造的業餘偵探杜賓這一形象，可以說是後來柯南道爾筆下福爾摩斯的先輩。

（一）新奇驚人的故事——〈毛格街血案〉情節分析

愛倫坡以前，西方文壇雖然也有敘述陰謀、凶殺或其他類於猜謎成分的作品，但都不是純粹的偵探小說。如果要找出一篇小說，把一件疑案作為中心問題，圍繞一個偵探（小說中的主角）憑著理智的推理活動和可利用的科學技術而破獲疑案，那不能不把愛倫坡描寫杜賓探案的第一篇——〈毛格街血案〉認作始作俑者。

〈毛格街血案〉這篇小說情節的啟動是從凶殺發生的悲劇開始，敘述破案經過，而在曲折多變的事態發展進程中又蘊藏著異常吸引人的情節。小說開頭推出一樁離奇的血案：

> 凌晨三時左右，巴黎聖克羅區居民突遭一陣淒屬尖叫驚醒好夢，看上去這陣聲音是毛格街一幢房子的四樓傳出來，據稱這幢房子由列士巴奈太太和女兒獨家居住。本來大家打算開門進去，誰知竟是白忙一陣，耽誤了片刻，只得用鐵鍬撬開大門。於是八、九個鄰人硬在兩名警察陪同下，一齊進門。此時，聲音已停，但正當大家奔上頭一層樓梯頭，又聽得兩三個人發出爭吵的粗野聲音從樓上傳下來。奔上第二層樓梯頭這聲音就啞了，一切寂然無聲。大家便分頭搜尋，趕緊逐間查看。搜到四樓一間大房，只見房門反鎖，便推門闖入，眼前景象真是慘不忍睹，在場者無不大驚失色，魂飛魄散。
>
> 原來，房間裏凌亂不堪，家具遭搗毀，散棄一地。一柄血跡斑斑的剃刀擱在一張椅子上。列士巴奈太太躺倒在血泊

中，屍身和頭部被割得血肉模糊；女兒被扼死，屍體被塞進壁爐煙囪。

毛格街血案既駭人聽聞，又撲朔迷離。作案者的行為是殘暴的，但又沒有任何貪財的動機（兩小袋未動過的金幣亂丟在地板上），而且殺人兇手的行蹤是那樣神祕，在一個門窗緊鎖的房間裏消失了。

警察前來辦案，但一籌莫展，束手無策。此時，青年學者杜賓挺身而出，自告奮勇地充當起業餘偵探來。他探跡索隱，用邏輯推理，準確地查明：兇手是一隻從主人（一個水手）那裏跑出來的兇猛的大猩猩。它先是令人不可思議地從窗子跳進兩個女人的臥室內，而後又從窗子跳出去，窗戶隨之啪地一聲自動關上。

〈毛格街血案〉的整個故事情節集中在杜賓如何偵破疑案上。這部小說的拓荒之功在於：

1、首次構擬了「密室殺人」模式

在偵探小說史上，愛倫坡首次把兇殺案置於一個看似完全不可能發生，然而事實上卻已發生的「真空」。這個「真空」，並非與世隔絕，而是與現實生活中的人和事維繫著不易發現的微妙關係。

愛倫坡以豐富的想像力，對「密室殺人」血案作了一個出人意料的詮釋。毛格街血案的肇事者不是人，而是一隻猩猩。這種超出常軌的原因，確實使讀者始料不及，但又覺在情理之中。因為任何不幸的事件都寓於各種可能性之中，動物闖禍自然是一種可能。謎底被揭破時，大概讀者不會因罪犯不是人而是動物而感到失望。

對於愛倫坡的這種情節設計，英國當代作家毛姆認為有破綻。理由是：兩個貴族婦女在睡覺前是不會面對外面的寒氣而粗心大意

不關氣窗的，再說猩猩逃跑時也不可能正好把窗子自動關上。筆者認為毛姆的這種看法似屬吹毛求疵，是用一種關窗的可能否定不關窗的可能，是用一種設想的不可能性來否定案件確實是超常原因所為的偶然性。在筆者看來，愛倫坡這種情節設計完全可以成立。

自愛倫坡以後，許多偵探小說作家紛紛仿效，在「密室殺人」模式內花樣翻新，作了形形色色的構擬和詮釋，或描寫成是罪犯利用定時的自動工具所為，或描寫成事件是時間差所致。

2、著重描寫了主人公的探案活動

愛倫坡筆下的私人偵探杜賓目光如炬，能透過現象看本質。毛格街血案後，警察審訊了有關人物，一無所獲。杜賓胸有成竹地說：「我看，這件疑案大家認為破不了，其理由倒應該看成容易破案——我說的是本案的特點中那種超越常軌的性質。由於表面上找不到動機——不是殺人的動機——而是殺人手段這麼毒辣的動機，警察局竟一籌莫展」。杜賓深入現場踏勘，發現室內窗戶上有機關，屋外有根避雷針。杜賓描摹出罪犯的模樣：驚人的矯捷身手，超人的力氣，殘酷的獸性，毫無動機的謀殺，完全違反人道的恐怖行徑，在幾個見證人耳朵聽來都是外國口音的聲音，而且缺乏清晰明瞭的音節。據此，杜賓初步判斷：猩猩作案。他意味深長地說：「結論不可避免地會像我推測的那樣。至於是什麼樣的推測，我暫且不講。只是請記住，對我來說，這推測是確信無疑的，它使我在老婦人臥室裏進行的偵查有了目標」。為了證實判斷，杜賓主動出擊，登廣告尋失主，誘使失主袒露出猩猩作案的來龍去脈。

杜賓破案的成功建立在他擁有的淵博的科學知識基礎之上。據愛倫坡的描述，杜賓能根據動物學的知識斷定猩猩的種類和由來，杜賓還精通心理學，對失主的心裏動態摸得八九不離十。小說中說

杜賓是個法國破落戶子弟,「他精打細算,好容易才維持溫飽,倒也別無奢求,嗜好讀書,破案前在巴黎一直默默無聞,也沒人認識,過著孤獨的日子」。可見,杜賓是一位閉門讀書的飽學之士。但他善於思考,不是死讀書。從破案中所體現出來的敏銳的觀察、對所掌握事實的細心分析和結論的邏輯性看來,他不是一個「兩耳不聞窗外事,一心唯讀聖賢書」的書呆子,而是一個目光犀利、胸有成竹的睿智者。從後來的福爾摩斯、白羅身上,我們可以看到杜賓的影子。杜賓是偵探小說史上第一個成功的偵探形象。

3、巧妙發揮了杜賓和助手的作用

文學史上,一些作家常用對比手法塑造主要人物性格。塞萬提斯在《堂吉訶德》中不僅創造了堂吉訶德這個文學典型,而且還創造出另一個不可或缺的文學形象——堂吉訶德的助手潘桑。堂吉訶德和潘桑這對搭檔,在漫遊生活中,建立了相互協作的關係。這兩個性格互補的人物形象,使《堂吉訶德》故事情節充滿生氣和活力。偵探小說鼻祖愛倫坡也在小說中塑造了一個不知名的助手。

這個助手同時又是故事講述人。他在小說中不是可有可無的人,而是能派上用場的角色。他的存在,增強了故事情節的流暢性。故事一開始,這個助手就以故事講述人的面目出現,表明他是杜賓的朋友。這位朋友在小說中的一些觀點體現了讀者的思路,甚至是說出了讀者應有的疑問。當杜賓把毛格街血案的原因分析給這位朋友聽時(沒有把謎底告訴他),問他能得出什麼結論,這位朋友頓時渾身發毛,說道:「這是瘋子幹的勾當,是附近療養院逃出來的瘋子幹的」。杜賓答道:「你的看法倒有道理,但瘋子即使神經病大大發作,聲音跟樓梯上聽到的那種怪聲也根本不一樣」,杜賓輕輕

否定了朋友這種異想天開的看法，提出了新的證據給這位朋友思索，使這位朋友跟著杜賓推導的思路前進，一口氣追索下去。

就這樣，愛倫坡創造了頭腦聰穎、性格有些浪漫的超人式偵探杜賓，還把故事講述人在某種場合有意寫得有些呆滯，作為陪襯。這種以聰明的偵探和愚魯的助手構成一對搭檔的手法，為後來許多偵探小說作家所沿用。不論是柯南道爾筆下的福爾摩斯和華生醫生，還是艾勒里‧昆恩同他的父親老昆恩都可以說是沿襲了愛倫坡的這一對比手法。

4、準確揭示了私人偵探與警察機構的微妙關係。

私人偵探和警察共同參與偵破活動，身份不同，方式不同，結局也不一樣。愛倫坡揭示了這些複雜關係。

毛格街血案發生後，警察局把與之有關的鄰居、飯店老闆、銀行職員、裁縫、殯儀館老闆、糖果店老闆、醫生等證人找來傳訊，但毫無結果，最後只好把涉嫌的銀行職員勒‧本逮捕關押。私人偵探杜賓一語道破警察局的所作所為：「巴黎警察一向以聰明名聞於世，其實不過狡猾罷了。他們辦起案來，只有目前採用的這種方法。儘管誇口有一套辦法，可是經常用得驢唇不對馬嘴。他們辦案的成績雖然經常有驚人之筆，可這多半是靠賣力巴結。碰到這些長處起不了作用，計劃就落了空」。在杜賓看來，警察局的無能，是「他們看東西隔得太近，反而歪曲事物真相」。杜賓對警察局的能耐掂量得一清二楚。

杜賓私訪現場，要得到警察局局長葛某的許可，但局長大人仍派一名警察從頭到尾陪著杜賓。杜賓深入現場調查後告訴助手：「沒有什麼特殊的，老實說，這件疑案我一下子就能解決，或者說，已經解決了，我看容易，警察看作破不了，這恰恰成為正比」。杜賓

從警察根本就不會想到的窗戶上的機關入手，經過推理，偵破了這樁謎案。結果，猩猩被失主親自抓到，賣給植物園，得了一大筆錢。杜賓和他的助手去警察局報告了事實真相，迫使警察局當場開釋了無辜的勒·本。

杜賓偵破了警察局無法解決的疑案，卻沒有得到獎賞。警察局長雖然對杜賓有好感，可眼看疑案破獲，掩飾不住心頭羞慚，只好冷言冷語說了一兩句，聊以自慰，還責備杜賓不應狗拿耗子多管閒事。

杜賓對警察局的不友好態度投去輕蔑的一瞥。故事結尾，杜賓對他的助手說：「讓他去說吧，讓他發發宏論，他才安心。我把他打敗，就稱心了。話說回來，這件疑案，他破不了，根本不像他想的是值得奇怪的事；因為老實說，我們這位警察局長儘管老奸巨猾，卻欠深謀遠慮。他有智無謀。那套油滑手段特別叫我喜歡，他就是靠那套功夫以智囊聞名於世，我的意思是說他只否認事實，強詞奪理」。瀟灑坦蕩的靈氣和狂猖絕俗的傲氣，溢於言表。

愛倫坡在小說中描述了杜賓使警察相形見絀的智慧風貌。後來，一些偵探小說作家仿效愛倫坡，大寫私人偵探與警察之間的戲劇性矛盾以及賽過官方警察的高明之處。

總之，愛倫坡的〈毛格街血案〉在以上四個方面開創了偵探小說的新紀元。

（二）適切的推理分析——〈瑪麗·羅傑特疑案〉和〈盜信案〉

愛倫坡在首次取得〈毛格街血案〉的成功之後，又接二連三地發表了兩部杜賓探案的小說〈瑪麗·羅傑特疑案〉和〈盜信案〉。這兩部小說擴展了愛倫坡偵探小說中邏輯推理破案的特性。

〈瑪麗・羅傑特疑案〉的副標題是「毛格街血案續篇」，這說明了愛倫坡對創作偵探小說這種體裁有濃厚的興趣。如果說〈毛格街血案〉描寫了杜賓對猩猩惡作劇的偵破的話，那麼，〈瑪麗・羅傑特疑案〉則敘述了杜賓對一起人間悲劇疑案的破獲。

〈瑪麗・羅傑特疑案〉的故事情節是：瑪麗是寡婦埃絲苔爾・羅傑特的獨生女。母女倆始終住在聖安德烈街，老太太在那兒開了家公寓，瑪麗幫著料理一切。姑娘二十二歲那年，有個香水鋪老闆看中了她的絕色，雇她站櫃台招徠顧客。姑娘應聘後，引來地痞流氓的捧場，香水鋪臭名遠揚。做了一年光景，忽然瑪麗失蹤。正當老闆和瑪麗母親急得心如亂麻、六神無主的時候，瑪麗卻在失蹤一周後重又好端端的出現在香水鋪原來那個櫃台，只是有點愁眉苦臉罷了。不久，這姑娘索性辭職不幹回家。過了三個月，她又突然失蹤了，害得家裏人和朋友放心不下。三天後，人們卻在塞納河裏發現了瑪麗殘缺不全的屍體。

這一案件引起巴黎市民的關注。各報作了詳細的報導並提出了無數的假設，刊登了激昂憤怒的讀者來信（其中還有匿名信）。一時，人們眾說紛紜，莫衷一是。警察萬般無奈，只得用鉅額酬金懸賞提供線索的人。然而，警察的這一努力是徒勞的。數周時間已過，警察局對這一可怕罪行的調查卻未獲得任何線索。於是，焦慮不安的長官找到杜賓，請他協助破案。杜賓接受了這一棘手的案件。

瑪麗疑案與毛格街血案不同。瑪麗疑案案發時間較長，無法深入現場調查，杜賓只能根據有關口頭或文字材料展開邏輯推理來斷案。愛倫坡在〈瑪麗・羅傑特疑案〉中又一次塑造了杜賓這個坐在安樂椅上推理破案的偵探形象。

杜賓對各報所載的文字材料進行細緻而又耐心的分析，憑著他對邏輯學和心理學的諳熟，以及對大都市生活的透徹瞭解，展開了

推理分析活動。他認為：「這件案子的真正問題，倒不在於出了什麼事，而在於出了什麼沒見過的事」。首先，杜賓解除了對瑪麗的愛慕者、一個叫波維先生的懷疑。這個人由於過分的奔忙和多情，而受到懷疑，杜賓得出了一個合乎情理的結論，斷定「這是一個好幻想的、而且不大聰明的愛管閒事的人。這種類型的人在發生嚴重事件時，通常都會引起那些過於敏感或對他沒有好感的人們對他的懷疑」。隨後，杜賓又令人信服地推翻了看來是那樣可信的關於流氓團夥作案的說法。杜賓很熟悉那些敗類的脾氣、癖性、嗜好等，儘管大多數報紙和無數的讀者來信，其中多數是匿名信，都堅持這一種說法。然而正是這一種說法引起了杜賓的懷疑。

在辦案過程中，杜賓從報上捕捉到一個不為人們注意的材料。瑪麗在那個倒楣的日子裏和一位面孔黝黑的年輕人一同去橫渡塞納河。當時她的未婚夫埃斯塔什先生就住在她母親的公寓裏。早晨她就告訴他說，她整天都在姨母家，並請他晚上到那裏去接她，送她回家。杜賓把發生的這起不幸事件同兩年前發生的一件事件作了對比。那時瑪麗突然失蹤了一周，而那次失蹤，據說是瑪麗同一個縱酒作樂、放蕩不羈的年輕海軍軍官鬼混有關。幸而由於吵架，她才返回家裏。這兩年前的事，當然一下子就淹沒在一大堆事實和假設之中，聰明的杜賓立即抓住了這條線索。杜賓不僅把那個人與皮膚黝黑的年輕人作了對比，而且他還估計到，兩年的時間恰好是法國軍艦遠航一次的期限。杜賓還注意到報紙上的一些匿名信，這些匿名信妄圖把水攪渾，轉移公眾的視線。

杜賓在大致甄別瑪麗疑案後，進一步展開邏輯推理，把圍繞姑娘所發生的一切，從心裏上去分析：噢，想必是充滿熱情幻想、聰明伶俐的瑪麗多麼厭煩那些巴黎好色之徒獻的殷勤；厭煩她所居住的簡陋公寓的乏味。而一個面孔被海風吹得黝黑的海軍軍官，他親

眼見過神話般的異國風光，乘著戰艦戰勝了驚濤駭浪。這又怎能不使一個幼稚的巴黎姑娘動心和羨慕呢？杜賓想像，這個惡棍邂逅姑娘後，第一次如何說服姑娘逃跑，但未能如願，計劃落空，或是由於突然的爭吵，更可能的是，他又該出航了。回到巴黎後，他又出現在姑娘面前並慫恿可憐的姑娘再次逃跑。這一次她一去不歸。

愛倫坡把杜賓的推理活動敘述到這裏，戛然而止。只是交代了一下，杜賓預期的結果終於實現了。警察局長雖然心裏不高興，但也算如期履行了當初講定的條件。愛倫坡故意這樣安排偵探推理活動進程和結局，給讀者以「言有盡而意無窮」之感覺。

此外，愛倫坡還讓杜賓在〈盜信案〉這部小說中再次出現，描寫杜賓用邏輯推理、心理分析探案的故事。

〈盜信案〉的故事情節很簡單，宮廷裏丟失一份絕頂重要的密信，而那封密信是宮裏一位貴人的，偷信人是部長德。這封密信一到部長德手中，他就開始對那位貴人進行敲詐威脅。警察局葛局長祕密地抄查了部長的住宅，然而信卻未找到。絕望了的警察局長黔驢技窮，請杜賓出面破案，答應給他五萬法郎的鉅額酬金。杜賓認真地仔細地聽取了警察局長彙報的情況，笑納了酬金。他深思熟慮，出面智取了這封密信，如期把被盜的信件交給了目瞪口呆的警察局長。

杜賓是怎樣找到那封信的呢？他對自己的朋友是這樣解釋的：「我想到部長德不僅是個朝廷大臣，還是個膽大包天的陰謀家，他絕不會不曉得一般警察的辦案方式。如果他有心利用這封信，他一定始終放在手邊的。我確信部長老謀深算，故弄玄虛，根本不會把信藏起來。」在這之後，杜賓還特地拜訪了部長，他留神部長的寫字台，無可疑處，可發現比較醒目的名片架上有一封髒得要命、揉成一團的信件，封面寫著另外的地址，並蓋著部長德本人的圖

章。目光敏銳的杜賓立即斷定這就是要找的那封信。偵察完畢，他不露聲色。第二天，他又登門拜訪，用了一個小小的計謀就把信件暗中替換了。密信得以完璧歸趙。

愛倫坡的〈盜信案〉短小精悍，內容並不離奇，構思的重點在對詭計與智謀的心理探討，別具一格。

愛倫坡在〈毛格街血案〉、〈瑪麗・羅傑特疑案〉、〈盜信案〉等偵探小說中創立了偵探小說的體例並奠定了基礎。愛倫坡的杜賓探案故事，絲毫沒有渲染恐怖和暴力，而是以情節的豐富性和推理的生動性見長。愛倫坡在創作中深有體會，他在〈寫作的哲學〉一文中說：「在動筆之前，對每一個真正的情節從開始到結局要有一個清晰的輪廓，必須進行苦心經營，只有經常心懷故事的結局，使事件的發展，尤其是使一切故事的格調都指向作者意圖的方向，我們才能賦予情節一種不可或缺的連貫性或因果氛圍」。愛倫坡在偵探小說創作中實踐了這個寫作原則。他的偵探小說以情境或態勢的發展的因果關係為依據，採用的是因果倒置的敘述方式，由果探因，引人入勝。英國著名的偵探小說大師柯南道爾十分推崇愛倫坡的創造性貢獻，說道：「在這條狹窄的小路上，一個作家必須步行，而他總會看到在他的前面有坡的腳印。如果他發現在自己的一些細小的、次要的地方，有突破愛倫坡窠臼的方法，那他會感到愉快」。而蘇俄當代著名偵探小說作家阿達莫夫更是直言不諱：「寫偵探小說的基本手法是愛倫坡發現的，而對於後來從事這一體裁寫作的作家來說，所剩下的只是把自己的花紋繡在幾乎是現成的繡布上了」。由此可見，愛倫坡作為西方偵探小說的鼻祖是當之無愧的。

三、《白衣女人》和《月亮寶石》
——柯林斯偵探小說的實績

在英國維多利亞時代的作家中，柯林斯以其卓著的風格蜚聲文壇，他的兩部名著《白衣女人》和《月亮寶石》一直擁有眾多的讀者。柯林斯作為英國大文豪狄更斯的朋友、學生、助手和女婿，在很大程度上影響了狄更斯晚年的創作風格。然而狄更斯至今光彩奪目，柯林斯的名字卻不大為人所知了。也許是狄更斯巨大的文學光芒遮掩了柯林斯的創作星光，也許是評論家認為柯林斯的小說不登大雅之堂。總之，筆者認為柯林斯的文學實績在文學史上沒有得到相應的評估。

威爾基・柯林斯（1824-1889）早年就讀於海堡的私立學校，十二歲時，隨父母移居義大利，三年後回國。青年時代曾從事茶葉經營，後改學法律，當過律師。1842年，他的風景畫家的父親死後，柯林斯嘗試寫作，以第一部小說《安東尼娜》（又名《羅馬的陷落》）在文壇嶄露頭角。1851 年，柯林斯結識了當時的大文豪狄更斯。狄更斯邀請他為自己主編的雜誌《家常話》撰稿，後來還安排他在編輯部工作。這兩位作家多次一道去歐洲大陸旅行，兩人合著的一本書，名叫《兩個無所事事的學徒的懶散旅遊》。柯林斯在狄更斯的提攜下，進步很快，創作了三十多部作品，其中《白衣女人》和《月亮寶石》這兩部小說發表後，柯林斯聲譽鵲起，影響很大，被譽為「英國偵探小說之父」。

（一）懸疑四起──《白衣女人》的特質

　　柯林斯的《白衣女人》發表於 1860 年，作品一問世就受到歐美讀者歡迎，風行一時，白衣成了時裝，有人作了「白衣女人華爾茲」舞曲，還有人出產一種「白衣女人」香水。狄更斯對柯林斯這部小說非常讚賞，並在後期創作中吸收了柯林斯的某些手法。《名利場》的作者薩克雷被柯林斯的這本小說吸引住了，整晚不睡覺，一直看到天亮也捨不得把它放下。當時的另一位著名作家愛德華‧費茲格拉特把小說一連讀了四遍，認為它超越了奧斯汀的作品；另一位名家拉特史東由於捨不得放下這書，竟取消去看戲。《白衣女人》為什麼如此受到青睞呢？

　　《白衣女人》的故事情節複雜而緊張：年輕的畫師沃爾特‧哈特賴特去利默里奇莊園教兩位小姐學繪畫，在途中遇到一位神祕的白衣女郎，引起了他的好奇。在靜謐的莊園裏，哈特賴特愛上了面孔類似白衣女郎的勞拉小姐，而這時瑪麗安‧哈爾科姆小姐告訴他，勞拉已有未婚夫──黑水園的珀西瓦爾‧格萊德從男爵。沃爾特‧哈特賴特聽後非常痛苦。奇怪的是，在勞拉同珀西瓦爾訂婚前，一封神祕的來信告誡勞拉提防珀西瓦爾‧格萊德這個惡棍。年輕的畫師帶著失望和疑問匆匆離開莊園。小說的上半部主要提出了白衣女郎的神祕和珀西瓦爾‧格萊德先生的祕密。小說下半部主要描述了沃爾特‧哈特賴特對一連串神祕事件的揭露。因失戀而離開英國去中美洲熱帶叢林考察的沃爾特‧哈特賴特返回英國，找到了揭破珀西瓦爾祕密的辦法。原來珀西瓦爾先生是個私生子，他的父母沒有正式結婚，而他為了獲取遺產繼承權，祕密地假造了一份結婚證書，開始了一系列犯罪活動。珀西瓦爾敲詐妻子勞拉的財產，摧殘

虐待瘋姑娘安妮‧凱瑟‧里克（即「白衣女郎」），懷疑她知道自己的祕密，因而企圖再次把她藏到瘋人院去，安妮從那裏跑出來後，使珀西瓦爾驚恐萬分，謀殺了安妮，並用安妮的名字把自己的妻子送進瘋人院（安妮是他妻子的同母異父的姐姐，兩人的外貌非常相似）。在哈特賴特的援助下（還有瑪麗安小姐），勞拉小姐最後掙脫了惡棍珀西瓦爾的魔掌，同哈特賴特結成眷屬，而珀西瓦爾自食其果，被活活燒死在失火的教堂。

貫穿在《白衣女人》小說之中的，是一連串扣人心弦的懸念，這些懸念在朦朧恍惚、撲朔迷離的氛圍中緩緩展開，波瀾起伏，動人心魄。

小說以懸念起筆，哈特賴特在月光下的荒原上邂逅神祕的白衣女人這一段細節描寫，揭開總的懸念帷幕：

> 無星的深藍色天空中，懸著明晃晃的一輪滿月，荒原的崎嶇地面在神祕的月光下顯得那麼空曠，就好像離開下邊大城幾百里。
>
> 我向下邊慢慢地、曲曲彎彎地越過荒原，沿途欣賞神祕幽靜的景色，讚美那些在我四周崎嶇地面上悄悄輪流遞換著的光影。
>
> 等我走到那條路的盡頭，我已經全部墜入離奇的幻想：想到利默里奇莊園，想到費爾利先生，想到我不久將教她們水彩畫的兩位小姐。可就在那一剎那間，我全身的血液凝住了，突然一隻手從我後面輕輕地搭在我肩上。
>
> 我立刻轉過身，手指緊握住我的手杖柄。
>
> 就在那寬闊和光亮的大路當中，就好像在那一瞬間從地下冒出來，或者從天上掉下來似的，站立著一個孤零零的女

人，從頭到腳，穿著一色白衣服，我朝她看時，她一張臉緊
對著我，嚴肅地露出探詢的神氣，一隻手指向籠罩倫敦的
烏雲。

這段描寫，頗有神奇詭祕的藝術效果。月夜、荒原，幽靈般出
現的白衣女人。令人毛骨悚然。難怪青年畫師哈特賴特驚詫不已，
就連讀者讀到這段場景時心中也會升起一股緊張的惶恐。這位白衣
女人莫名其妙地問哈特賴特去倫敦的路怎麼走，問他是否認識一位
從男爵，向他提到利默里奇莊園，而且這位白衣女人前腳剛走，後
面一輛敞篷馬車跟蹤追去。所有這一切，真是太神奇了。人們不禁
要問：這個白衣女人為什麼會出現在黑魆魆的荒原？白衣女人究竟
是什麼人呢？

柯林斯在陰鬱的氛圍中交代出事件的已知情境——白衣女
人，讓讀者由已知情境猜測未知情境。這樣，故事的懸念提出來，
取得了奇妙的藝術效果。小說從開端到高潮都迴蕩著白衣女人的影
子，迴蕩著白衣女人的手突然搭在肩上的震顫和驚悸。

柯林斯在小說中為了強化懸念效果，還描寫了哈特賴特來到利
默里奇莊園在綠茵、沉寂的草坪上見到勞拉的情境。

費爾利小姐（即勞拉——筆者注）站在那裏，一個白晃
晃的身影獨個兒站在月光下，她全身的姿態，她的膚色，她
的面型，離得那麼近，在那前景下，她活脫兒就是那個白衣
女人呀！對過去許多小時裏一直困擾著我的那個疑團，我頓
時恍然大悟。我所感到的「缺少了什麼東西」，原來是我覺察
到從瘋人院裏逃出來的人，和我利默里奇莊園的學生不祥地
相似。

26

把利默里奇莊園裏的勞拉與荒原月夜的白衣女人聯繫在一起，浮想聯翩。是想入非非，還是偶然的巧合？白衣女人仍是無法猜透的謎。這又構成總懸念中的第二層懸念。

小說中，除總體懸念外，還有局部懸念。哈特賴特在死寂的墳場同白衣女人的會面，瑪麗安小姐在黑水園府邸雨夜飛檐走壁偷聽珀西瓦爾先生同福斯科伯爵的密談，這些情節刻畫得怵目驚心。

《白衣女人》是柯林斯刻畫人物最為逼真的一部小說。哈特賴特雖然不是偵探，卻有股正義感。他矢志破獲白衣女人之謎，戳穿珀西瓦爾的廬山真面目。他利用蛛絲馬跡，逐漸理清了一樁謀財害命案的錯綜複雜的頭緒，經過一番曲折，找到了珀西瓦爾這個惡棍的祕密。最後他很有感慨地議論道：「要不是因為一個父親所生的兩個女兒不幸長得那麼相像，人家就不可能施展那陰謀，以致安妮做了糊塗的工具，而勞拉則成為無辜的受害者。哈特賴特鐵肩擔道義，妙手破疑案，他是一個不是偵探的「偵探」。小說作者對福斯科伯爵和瑪麗安小姐這兩個人物的性格刻畫也較為鮮明突出。柯林斯在描寫福斯科伯爵和瑪麗安小姐的時候，使用了各種能產生喜劇效果的手法，使人物形象逼真生動。

柯林斯在《白衣女人》中採用網絡式建構懸念系統，正如他本人所說，這種寫法是以前的小說家從未試過的。書中的故事，從頭到尾，都由書中的人物自己敘述。在一連串事物的發展過程中，這些人物被安排在不同的地位，他們輪流出面敘述故事，直到結尾。柯林斯認為，一切故事若要有吸引力，必須具備兩個要素：即好奇帶來的樂趣與驚訝引起的興奮。《白衣女人》算是達到了這個創作目的，證明柯林斯像狄更斯那樣以其瑰奇的藝術形式承擔了文學創作的重任。

（二）變幻莫測——《月亮寶石》的命運

在《白衣女人》一書中，柯林斯以其懸疑四起的情節展示了偵探小說的特質，但柯林斯只是勾畫了偵探小說的一個大致的輪廓，而柯林斯創作的另一部作品《月亮寶石》則完全是一部偵探小說了。

《月亮寶石》發表於 1868 年。發表以後，當時一些評論家認為這種小說不登大雅之堂，不能算作文學作品，但《泰晤士報》發表了一篇長文，對這部《月亮寶石》給予很高的評價，認為是英國第一部偵探小說。這部小說隨即成了當時的暢銷書，使柯林斯的聲譽達到了頂點。

《月亮寶石》結構連貫，首尾相接，共分為四大部分：序幕、鑽石失竊、真相大白、尾聲。

《月亮寶石》以一顆鑲在月亮神額頭上的寶石為線索，追蹤躡跡，波瀾迭起，構成一部情節曲折的偵探小說。這顆寶石非同一般，幾百年來歷經魔難，誰拿走了這塊寶石，誰必遭災禍，這顆寶石簡直是不祥之兆。多年來，婆羅門的僧侶一直毫不退讓地追蹤著寶石，重新把寶石歸還給他們守候的神靈。然而，這顆寶石在英國軍隊強攻西林加巴坦城時，被汗卡什——這個貪得無厭的英國軍官攫為己有。這個聲名狼藉的兵痞回到英國後，受到親友的唾棄。在彌留之際，他居心巨測地托人把這顆寶石送給外甥女雷茜兒作為生日禮物。雷茜兒家中從此給鬧得烏煙瘴氣，毫無寧日。就在雷茜兒生日的那天晚上，寶石失蹤。

小說層層鋪墊，大肆渲染月亮寶石神祕地失蹤的過程和反響。

寶石被放在樓上起居間的古玩櫥裏，前門上了鎖，門窗也都照樣關得嚴嚴實實，兩條猛犬在樓下的院子裏守夜，外賊不可能闖進來作案，分明是內賊幹的。

聽到寶石失蹤的消息，府內眾人態度反應各不相同。雷茜兒小姐「臉色就像身上那件睡衣一樣白」，言語和行動古怪，一會兒怒火填胸，一會兒哭哭啼啼。前來參加雷茜兒生日晚會的兩個表哥也因這不幸的事件受到影響。高孚利先生在屋子裏不知道是走好，還是留下好，最後他決定留下；佛蘭克林先生早晨喝了咖啡才使昨夜的睡意除去，得知寶石失竊後，急如星火騎馬去警察局報案。傭人們也受到牽連，洗衣婦羅珊娜神態異常，形跡可疑，管家貝特里奇焦躁不安。一句話，這倒楣的寶石把大家攪得心如亂麻，連昨天在府邸前變戲法的三個印度流浪漢也涉嫌被關進了牢房。原以為寶石失蹤案與印度人有關，但證據不足。如果變戲法的三個印度人是無辜的，那麼誰從雷茜兒的抽屜裏盜走了寶石呢？

猜疑之霧，彌漫在府邸上空。眼看事情毫無結果，佛蘭克林先生發了份電報到倫敦，請來了赫赫有名的卡夫探長。卡夫從調查「誰的衣服染上房門的漆斑？」這一細節著手，開始偵破。他胸有成竹地說：「我對這件案子已經有了頭緒，不過目前我暫時還不打算說出來」。這句偵探們常說的口頭禪說明了什麼呢？案子仍是個謎。一切猜測都付諸東流。卡夫探長根據已知的事實測定此案係雷茜兒所為，她一直偷偷地藏著寶石，利用心腹羅珊娜做兌換交易。理由是，據他觀察，華麗家族的姑娘常常在外面欠債，而後又無力透過正當的途徑還債務。然而，卡夫探長的這個判斷被雷茜兒的母親用確鑿的事實否決了。

「盜寶案」讓人摸不清頭腦。柯林斯在小說中虛構了一個根本無法揭出的「黑箱」結構。原來，處心積慮的高孚利先生在那天生

日晚會結束後，把一包鴉片劑，放到佛蘭克林的酒杯中。佛蘭克林患有一種不為人知的夢遊症。那天夜裏，佛蘭克林受了鴉片劑的刺激，加上心中惦記著寶石的命運（這塊寶石是由他帶來交給情人雷茜兒的），鬼鬼祟祟地在深夜溜進雷茜兒的臥室，從抽屜裏拿走了寶石。而雷茜兒小姐在自己的臥室裏透過那扇敞開的門，看見佛蘭克林取走了寶石，她不好意思叫出聲來。然而雷茜兒卻沒看到，而且任何人也沒有看到，在佛蘭克林處於夢遊狀態回到自己的房間後，他的表哥、虛偽無恥的高孚利先生怎樣從佛蘭克林那裏盜走寶石的。連佛蘭克林自己也不知道發生了什麼。清晨，他醒來時，把昨夜的事忘得一乾二淨。他為寶石的失竊而感到憂心忡忡，同時也不明白雷茜兒為什麼仇視他。

故事的結局是，高孚利先生的可恥行徑得到報應，他被婆羅門祭司勒死，而神奇的寶石又在月亮神的額角上閃閃發光。

瞧，月亮神高高坐在神座上──四臂伸向大地的四方──黑森林。威風凜凜地居高臨下。神像的額角上，那顆黃鑽石在閃閃發光，上回在英國，它的光彩曾經在一個女人的胸襟閃耀。

是呀，經歷了八個世紀的歲月，月亮寶石再度照耀這座聖城的城牆了，它的故事就是在這城市開場的呀，它怎麼會回到蠻荒的故鄉的──那三個印度人碰上什麼機緣，犯了什麼罪，才奪回他們那顆神聖的寶石，我就不知道了，不過有一件事，我是知道的。您在英國看不見那顆鑽石了，永遠也看不見了。

歲月如流，年復一年。月亮寶石下回還會有什麼奇蹟呢？誰說的上？

尾聲這一段描述，夾敘夾議。故事似乎有了圓滿的結局。但是，這誘人的寶石今後仍也可能失竊，還將引出一場什麼樣的戲劇，那是很難預料的。小說的結尾給人們提供了想像的餘地。

柯林斯的《月亮寶石》在兩個方面開拓了西方偵探小說的模式。

1、首次塑造了一位栩栩如生的探長形象

柯林斯在小說中對卡夫探長形象的塑造，鮮明生動。卡夫應邀前來辦案時，他渾身穿黑，一張臉又瘦又尖，臉皮又黃又枯，十個長長的手指像爪子那樣彎曲。「隨便當什麼都可以，就是不配當探長」。辦案時，卡夫習慣輕輕地吹著〈夏天最後一朵玫瑰〉這支曲子，顯得豁達、輕鬆。卡夫的形象並不高大完美。然而，這個其貌不揚的探長要比當地警察局長能幹得多。起初，他根據已有的線索，懷疑寶石是雷茜兒自己偷的。後來證明搞錯了。不過，他對高孚利先生也產生了懷疑。由於雷茜兒小姐的不合作態度和佛蘭克林先生患有夢遊症這一關鍵細節沒有披露，他不得不帶著遺憾中止了偵破工作。一旦後來新的情況出現，退役的卡夫探長重被邀來破案時，他就窮源竟委，使高孚利先生原形畢露，解開了寶石失竊案的死結。卡夫探長這個人物形象成為往後西方偵探小說以探長為主角的基礎。

2、首次模鑄了「寶石失竊案」的範型

《月亮寶石》開闢後來偵探小說「寶石失竊案」之先例。柯林斯在小說中安排案發地點橫跨英國國內和國外，線索拉得很長，現實與歷史交叉，又回到現實。這種寫作手法對柯南道爾和阿嘉莎‧克莉絲蒂等偵探小說專家影響很大。柯林斯在小說中運用案情參與者作為故事敘述人敘述故事，分頭交代全書情節，層次有序，絲絲

入扣，從神奇寶石的失竊到回歸，構成嚴密的因果關係網絡結構。柯林斯在偵探小說創作上豐富了愛倫坡的寫作技巧和手法。愛倫坡寫作手法是，對於凶殺和失竊案的偵破，一般採用靜態推理回溯式的情節結構方式。而柯林斯條分縷析，採用的是動態偵破現場式的情節結構方式，增強了故事的戲劇性和緊張氣氛。

柯林斯的《白衣女人》和《月亮寶石》這兩部小說從內容和形式上充實了偵探小說的武庫，拓展了偵探小說的意蘊。在柯林斯去世後不久，英國詩人及評論家史溫朋寫了一篇文章，把《白衣女人》和《月亮寶石》這兩本書評價為大師之作，遠遠超越柯林斯的其他著作。從文學史上看，柯林斯確實在偵探小說史上制定了深刻、複雜和穩實的準則，成了人們仿效的榜樣。

四、大名鼎鼎的福爾摩斯
——柯南道爾偵探小說的魅力

提到在世界範圍內流傳最廣、影響最深的早期偵探小說，自然要數英國柯南道爾的「福爾摩斯探案」了。毫無疑問，柯南道爾因為塑造了福爾摩斯這樣一個偉大偵探形象而成為最有影響的西方偵探小說大師。毫無疑問，柯南道爾促進了偵探小說體裁的繁榮昌盛。可以說，直到他的福爾摩斯探案問世，西方偵探小說的經典模式才定型。

柯南道爾爵士（1859-1930）早年習醫，獲得醫學博士學位，由於對文學懷有強烈的興趣，他在開業行醫之餘，不斷向雜誌投稿。他認真閱讀愛倫坡、柯林斯的作品，深受他們的影響，不僅思想轉到文學方面，而且也注重偵探的科學。後來，因偵探小說創作的成功，柯南道爾決定棄醫從文，專門從事寫作。就這樣，並非科班出身，半路出家的柯南道爾在偵探小說領域取得了舉世矚目的成就。

柯南道爾一共寫了四個長篇和六十多個短篇，他的偵探小說創作可分為三個階段。

第一階段（1887-1890）。柯南道爾在《血字的研究》（1887）中首創了偉大偵探福爾摩斯和助手華生醫生的人物形象。1890 年，他又作〈四簽名〉，福爾摩斯作為傳奇的超人形象展開其迷人的智慧風采。

第二階段（1891-1894）。1891 年，柯南道爾創作的〈波西米亞醜聞〉在《海濱雜誌》上發表，夏洛克・福爾摩斯立刻成為英國文

學裏的著名人物。柯南道爾連續寫了六個短篇故事〈波西米亞醜聞〉、〈紅髮會〉、〈身份案〉、〈博斯科姆伯溪的祕案〉、〈五個桔核〉、〈歪唇男人〉。這些故事引起公眾的極大興趣，產生了廣泛影響。1892 年，柯南道爾以〈銀色馬〉開始的十二個故事陸續發表。1894年，這十二個故事彙集成〈回憶錄〉出版。這時，柯南道爾決心停止寫作這類故事，因此，讓福爾摩斯在一次戲劇性的時刻墮入激流中淹死，而讓華生來結束〈最後一案〉這個故事。

第三階段（1902-1927）。讀者對於福爾摩斯之死感到遺憾和不滿，紛紛要求柯南道爾讓福爾摩斯復活，柯南道爾執拗不過讀者的感情，於 1902 年發表〈巴斯克維爾的獵犬〉這部長篇偵探小說，重新喚起了讀者和出版者對福爾摩斯的希望。1903 年，柯南道爾利用豐富的知識在〈空屋〉這一故事中使福爾摩斯死裏逃生，從而開始了另一組故事，題名〈歸來記〉，1905 年出版。此後，他又寫了〈恐怖谷〉（1915 年）、〈最後的致意〉（1917 年）、〈新探案〉（1927年）三組故事。

1928-1929 年，整個關於福爾摩斯的故事分短篇和長篇在英國出版。由於所有的故事都以福爾摩斯為中心人物，所以這些作品合起來稱為《福爾摩斯探案全集》。

（一）「福爾摩斯探案」的藝術世界

福爾摩斯這個人物形象風靡全球，受到人們的崇拜。根據柯南道爾寫的回憶錄，福爾摩斯這一具有科學大腦的大偵探形象，是根據他在愛丁堡讀書時一位老教授約瑟夫‧貝爾為原型創造出來的。約瑟夫‧貝爾頭腦敏捷，善於推理。在他給病人診病時，不等病人

張口，他便能根據自己敏銳的觀察力給病人診斷，並猜測出病人的國籍、職業和其他特徵。柯南道爾進一步發揮了貝爾教授的特點，賦予夏洛克‧福爾摩斯以非常富於個性的獨特性格，透過他生活上種種細小的癖性和習慣，創造出一個比較豐滿的偵探形象。

柯南道爾筆下的福爾摩斯，雖然是個虛構的文學形象，卻撥動了人們的心弦。柯南道爾生前和死後，打電話請福爾摩斯去破案的事屢屢發生。有些狂熱的讀者甚至要尋找虛構的貝克街的舊跡。直到今天，福爾摩斯誕生一百多年以後，他的人格魅力仍然不衰，柯南道爾的作品仍然吸引著千千萬萬的讀者。那麼，「福爾摩斯探案」為什麼會有這樣大的魅力呢？

1、富於智慧的偉大偵探

柯南道爾塑造了福爾摩斯這個既是科學家又是偵探，既是紳士又是超人的英雄。柯南道爾在刻畫福爾摩斯這個人物時，不僅敘述他做什麼，而且描寫他是怎樣做的。主人公的性格最明顯地表現在一系列棘手的複雜案件的偵破活動中。

（1）窺探每個窗戶裏面的異常動靜

猶如黑夜裏的鳥兒撲向燈塔一樣來尋找慰藉和庇護，位於貝克街 211-13 號的福爾摩斯偵探事務所，成了人們釋疑解惑的場所。人們一有發愁的事，就找上門來。這個小小的窗口是福爾摩斯的神經中樞，也是人們心中的燈塔。每個人都可以確信，福爾摩斯為了使他們脫險，為了揭開他們周圍的祕密，他會毫不憐惜自己，毫不憐惜時間和精力。

柯南道爾塑造的福爾摩斯也確實是一個助人為樂的偵探，無論是一擲千金的國王總督，還是作為家庭教師的貧窮姑娘，福爾摩斯

都有求必應。福爾摩斯同華生兩人對坐在貝克街寓所的壁爐前，對華生說：「老兄，生活比人們所能想像的要奇妙何止千百倍；真正存在的很平常的事情，我們連想也不敢想。假如我們能夠手拉手地飛出這個窗戶，翱翔在這個大城市的上空，輕輕地揭開那些屋頂，窺視裏邊正在發生的不平常的事情：奇怪的巧合、密室的策劃、鬧彆扭，以及令人驚奇的一連串事件，它們不斷發生著，導致稀奇古怪的結果，這就會使得一切老一套、一看開頭就知道結局的小說，變得索然無味而失去銷路」。柯南道爾讓福爾摩斯在〈身份案〉這部小說的開頭講了如此豪言壯語。為證明此言不差，我們還是來看看福爾摩斯在〈身份案〉裏的毫不含糊的偵破活動。

在《身份案》中，福爾摩斯接觸到一個奇怪的案子。新娘薩瑟蘭小姐懇求福爾摩斯把新郎找回來。情況是這樣的：新娘和新郎同去教堂舉行婚禮，當新娘走下馬車後發現新郎已經無影無蹤，不翼而飛。車夫說他沒法想像人到哪裏去了，因為他親眼目睹新郎坐進車廂的。新娘感到委屈和狐疑，前來向福爾摩斯求援。

福爾摩斯耐心地聽取了薩瑟蘭小姐的戀愛過程。小姐父親已逝，母親尚在，雖半老徐娘，但風韻尚存。前不久，母親找了一位比女兒大五歲的丈夫溫迪班先生。繼父對小姐管制甚嚴，不許她出門參加社交，小姐對此十分不滿，執意要去參加一個俱樂部的舞會，繼父執拗不過她，隨即去法國出差了。薩瑟蘭小姐在舞會上結識了一位自稱是某辦公室的出納員霍斯默‧安傑爾先生，對他頗有好感，隨後他倆瞞著繼父頻頻約會。每當他倆約會的時候，繼父都出差不在家，他倆決定舉行婚禮後再告訴繼父。然而，在關鍵時刻竟發生了新郎失蹤之咄咄怪事。福爾摩斯仔細研究了霍斯默‧安傑爾先生給小姐的信後，寫了兩封信查詢情況。一封給溫迪班先生所服務的商行，一封給溫迪班先生約他來見面。福爾摩斯這兩步棋很

管用，鐵的事實戳穿了溫迪班先生炮製的騙局。原來，霍斯默・安傑爾先生並不存在，是溫迪班先生裝扮的。這是一個最自私、最殘酷的傢伙，為了阻止小姐帶著親父的錢財外嫁，在妻子的默許和協助下，百般阻撓不成，想出一個毒辣的妙計，裝扮成一個子虛烏有的霍斯默・安傑爾先生，向女兒求愛，免得她愛上別的男人。他騙取了小姐的歡心後，立即脫身，企圖使小姐難以測定新郎的生死，在以後的二十年裏忠貞不渝地不外嫁。這就是整個事情的經過。福爾摩斯面對喪心病狂的溫迪班先生，恨不得用皮鞭狠狠地抽打這個無恥之徒。然而法律沒作規定，奈何不得。福爾摩斯在〈身份案〉中的辦案方法是懷疑和取證相結合，把涉及案件的所有孤立的事實和細節羅列起來，加以梳理，指向同一個方向。

福爾摩斯就是這樣一位英明的、富有同情心的大偵探。二十世紀三十年代，中國有的左翼評論家責備福爾摩斯為富豪釋疑解難，甘當資本家的奴僕。這種責備是幼稚的。因為福爾摩斯不可能有那些評論家所要求的階級覺悟，他辦案是要收取一定報酬的。但對於那些沒錢付給他的可憐人，也不計較。〈斑點帶子案〉中，福爾摩斯心中充滿了對可憐的姑娘斯托納小姐的真誠同情，而當姑娘說出她現在沒錢付報酬時，福爾摩斯回答得很乾脆，他不需要任何獎賞，「因為我的工作也就是對我的獎賞」。可見，福爾摩斯是個充滿人道主義精神的偵探。

（2）砍斷無辜者脖子上的絞索

福爾摩斯在辦案中有種正義感。他能透過現象直指問題的核心所在，剔除似是而非的證據，推翻一切不實之詞，砍斷無辜者脖子上套的絞索，查究出隱藏很深的罪魁禍首。

〈綠玉皇冠案〉講了這樣一個故事。倫敦城裏第二大私人銀行的主要合夥人亞歷山大·霍爾德的獨子阿瑟犯了盜竊國寶綠玉皇冠之罪被捕入獄，聽候審理。據霍爾德陳述，那天，他把某位貴人抵押的綠玉皇冠帶回家中，放在保險櫃存放。半夜時分，他突然聽到隔壁房間裏有響動，他悄悄地下了床，從起居室的門角處看到兒子阿瑟撥弄著皇冠。父親怒不可遏，大罵兒子。他把皇冠搶到手一看，發現皇冠上三顆綠玉不見了。兒子否認偷盜綠玉，父親只好叫警察來把兒子看管起來。警察作了全面檢查後，沒有發現任何痕跡。警察帶走了重大嫌疑犯阿瑟。

福爾摩斯聽完霍爾德的陳述，靜靜地坐了幾分鐘，皺著眉頭，兩眼凝視著爐火，詳細詢問了霍爾德家中的成員情況。霍爾德告知，家中除獨子阿瑟外，尚有寄居在家中的伶俐賢惠的侄女瑪麗姑娘和若干奴僕，兒子與名聲不太好的花花公子喬治·伯恩韋爾爵士來往密切。福爾摩斯覺得此事蹊蹺，便帶著疑問來到霍爾德的寓所，審核了有關人和事，斷定作案者不是阿瑟，而是喬治·伯恩韋爾爵士和瑪麗姑娘。事實也正是如此。那天晚上，瑪麗幫助伯恩韋爾爵士盜竊皇冠，正好被阿瑟看見。阿瑟為了保護皇冠，奮不顧身猛追伯恩韋爾爵士，奪回了皇冠，他並不知道伯恩韋爾爵士已經竊取了三顆寶玉。霍爾德看見兒子阿瑟手中拿著皇冠，但他並不知前面發生的一幕。阿瑟在父親的追問下之所以閉口不談，是因為他暗戀著瑪麗，保全瑪麗的名譽。

一切都會過去，唯有正義永存。福爾摩斯撥亂反正，正本清源，拯救了無辜的阿瑟。

（3）體恤捲入人生漩渦中的不幸者

大千世界，無奇不有。在熙熙攘攘的人群中，各種錯綜複雜的事件都是可能發生的。福爾摩斯深有體會，有些疑難問題看起來很驚人和稀奇古怪，但並非無因可尋，注定的「必然」常常將有的人帶入不可知的人生漩渦，生命顛簸於不能自主的人生浪峰之間。

〈五個桔核〉中的那個小青年約翰‧奧彭肖，被上一代遺留下來的可怕事件纏繞著。若干年前，他的伯父收到有三個Ｋ字的信，信封中有五個桔子核，不久便跌死在花園裏一個泛著綠色的污水坑裏；他的父親繼承長兄的遺產後，收到同樣的信件，不久在外出時摔死在一個很深的白堊礦坑裏。警察在兩起死亡案件的現場均沒有發現暴力的痕跡，死因不明。如今，奧彭肖在繼承父親的遺產後，又收到同樣的信件，他就像一隻可憐的兔子面臨著一條蜿蜒而來的毒蛇，陷入一種不可抗拒的魔爪之中，而這魔爪是任何預見、任何預防措施都無法防範的。

一種非常現實和迫切的危險正在威脅著奧彭肖，他前來稟報福爾摩斯。福爾摩斯根據信封上的郵戳推定是美國三Ｋ黨殘餘分子幹的，估計是奧彭肖的前輩掌握著三Ｋ黨殘餘分子的機密，因而陷入危難之中。福爾摩斯囑咐他嚴加小心，答應改日去實地偵破。但是，第二天早晨，福爾摩斯動身時，從報上獲悉，奧彭肖昨夜在滑鐵盧橋畔失足落水而死。看到這個不幸的消息，福爾摩斯非常震驚，對華生說：「這件事傷了我的自尊心。他跑來向我求救，而我竟然把他打發去送死，如上帝假我以天年，我就要親手解決這幫傢夥。」福爾摩斯從椅子上一躍而起，在室內踱來踱去，情緒激動，難以抑制。命運總是捉弄貧困而孤立無援的芸芸眾生，福爾摩斯怎麼能不仰天長嘯，壯懷激烈呢？

（4）幸福與孤獨為鄰，痛苦與希望同在

福爾摩斯辦案並不輕鬆，並不像人們想像的那樣唾手可得，馬到成功。有些疑案常常折磨他的神經，使他愁眉不展，徹夜不眠，苦苦思索，有時還要借助於注射可卡因提神。勘察現場時，福爾摩斯張大鼻孔，完全像渴望追捕獵物的野獸一樣，絲毫不馬虎。華生給他的偉大朋友作了評語：「任何感情……對於他那冷靜、精確和異常沉著的頭腦來說，都是不能容忍的。我覺得，他是一架我所見到的世界上最完美的思考和觀察的機器。」福爾摩斯本人也不止一次地對華生朋友說：「我的頭腦需要緊張的活動。正因為如此，我才選擇了這獨一無二的職業。說得更確切些是創造了這一職業，因為世界上沒有第二個夏洛克·福爾摩斯」。福爾摩斯探案，不但緊張而且富於冒險。在〈最後一案〉中，柯南道爾描寫了福爾摩斯同犯罪界的拿破崙——莫里亞蒂教授進行了公開的冒著生命危險的搏鬥，福爾摩斯似乎要死於這個「超級犯罪」之手。明知山有虎，偏向虎山行。我們面前的福爾摩斯是一個異乎尋常的傑出人物：勇敢、機智、頑強。

然而，福爾摩斯並非是一個十全十美的人物。他身上的一切並非都令人讚歎。例如，他那經常注射可卡因的習慣、有點厭惡女人的怪脾氣、喜歡吹牛且自命不凡的缺點，令讀者難以苟同。儘管這樣，讀者仍喜歡這個鼎鼎大名的偵探。要知道，主人公身上的一顆在生活中本是毫不惹眼的胎痣，只要在小說中提到了它，它就會馬上變成一個有趣的細節。柯南道爾沒有在福爾摩斯頭頂加上燦爛的靈光圈，而是寫了福爾摩斯一些不大令人愉快的個性，恰恰使人物形象豐滿厚實。

福爾摩斯是在作家提供的環境中活動，而他的活動，他的論斷推理，行為舉止都令人讚歎。在這些特定環境中登場的還有我們所熟悉的其他人物。然而，其中任何一個人也沒有像福爾摩斯那樣顯示出超人的才華，頑強的精神，有時還表現出大無畏的氣概。至於他愛吹牛、傲慢以及其他人性的弱點，只不過使他那古怪的性格更為真實可信。這種寫法，為「黃金時代」的偵探小說家們所師承和因襲。

2、驚險聳動的故事情節

柯南道爾很注意安排豐富生動的情節去表現人物，因而使作品產生比較大的藝術感染力。《福爾摩斯探案》成功的祕訣，還在於柯南道爾注重了「驚險」這一因素。柯南道爾的偵探小說中蕩漾著緊張、驚險的氣氛，情節樣式多姿多彩。

（1）計謀情節

偵探破案，需要運用智慧和計謀。柯南道爾在小說中描寫了許多計謀情節。所謂計謀情節，指故事情節中由於某一支配全局的計策或陰謀在進行，表現出這一計謀的籌劃、佈置、發展和完成的過程，而使讀者產生懸念，增強情節的生動性。〈波西米亞醜聞〉是福爾摩斯運用計謀偵破疑案的範例。

福爾摩斯為了幫助波西米亞國王從女冒險家艾琳‧艾德勒手中找回一幀至關重要的照片，進行了嚴密的策劃。鑒於這位夫人把照片藏匿得天衣無縫，福爾摩斯決定採用智取的方法。一方面，他讓華生握住焰火筒，躲在艾琳‧艾德勒寓所的窗戶下，另一方面，他暗地雇用一群流浪漢在這位夫人門口鬥毆起鬨，在混亂中，他挺身

保衛夫人，佯裝流血倒地。夫人不知其詐，令僕人把「受傷」的福爾摩斯抬進寓所搶救。「昏迷不醒」的福爾摩斯抬了一下手臂，裝著透不過氣來的樣子，女僕打開了窗戶。於是，華生根據約定的信號，把焰火筒扔進夫人的起居室。頓時，濃煙滾滾，響起一片「著火啦！」的叫喊聲。艾琳‧艾德勒慌忙抽出收藏在壁龕裏的那幀照片。福爾摩斯從而發現了這個祕密。

小說中，福爾摩斯和艾琳‧艾德勒雙方各有自己的計謀。在鬥爭中，他們運智鬥法，互有進退。福爾摩斯用巧妙的計謀迫使她洩露自己的祕密。女冒險家艾琳‧艾德勒甘拜下風：「你的確幹得非常漂亮。你完全把我給騙過去了。」

（2）恐怖情節

柯南道爾的偵探小說，除了驚險緊張的氣氛，還有幾乎威脅著主人公性命的恐怖情節。柯南道爾不是為恐怖而恐怖，不是故意玩弄那恐怖的場景使人毛骨悚然，而是在適當的驚險恐怖的考驗面前，體現出主人公臨危不懼的鬥志。

同兇殘的罪犯打交道意味著冒險。福爾摩斯對他的冒險生涯樂此不疲。他說：「為了獲得新奇的效果和異乎尋常的配合，我們必須深入生活，而它本身總是比任何大膽想像更富有冒險性」。

在短篇故事《斑點帶子案》中，福爾摩斯和華生深夜在斯托納小姐的房間埋伏等待「罪犯」。這座宅邸陰森恐怖，窗外的密林中偶爾傳來貓頭鷹的一兩聲的哀鳴，房間裏漆黑一團，伸手不見五指。月黑風高，大地沉寂。突然，房間通氣孔處發出一聲低沉而清晰的哨聲，似乎有一個黑乎乎的東西沿著鈴繩爬下來。就在聽到聲響的一剎那，福爾摩斯從床上跳了起來，劃著了一根火柴，用鞭子猛抽鈴繩。火光中，華生看到福爾摩斯的臉孔死一樣蒼白，滿臉是

恐怖和憎惡的表情。福爾摩斯停止了抽打，仰視通氣孔，緊接著在黑夜的寂靜之中，隔壁房間裏突然爆發出絕望的尖聲哀號。福爾摩斯呆呆地站著。聲音一消失，福爾摩斯和華生到隔壁房間一看，發現一條帶有褐色斑點的蝰蛇像帶子一樣緊緊地纏在羅伊洛特醫生額頭上，慘不忍睹。原來，這個醫生唯恐女兒結婚時索取母親的遺產，飼養著毒蛇謀殺女兒，結果，福爾摩斯夜入巢穴，猛力反擊，醫生被自己豢養的毒蛇咬死。難怪華生事後感歎地說：「難道能有什麼會使我忘掉那個可怕的不眠之夜嗎？」福爾摩斯伏擊的場面真是驚心動魄。

（3）意外情節

柯南道爾為了更好地刻畫人物，使情節更吸引人，往往在情節的展開過程中，把關鍵性的材料安排在使讀者意想不到的地方，造成「意外」的藝術效果，而故事情節的陡轉，又那麼合情合理。〈歪嘴男人〉這篇小說就採用了這種技巧。

《歪嘴男人》敘述了一樁令人難以想像的怪事。聖克萊爾紳士生活很闊綽。每天早晨進城上班，晚上乘車返家，平時沒有不良癖好，與人無冤仇，堪稱模範丈夫。一天，聖克萊爾太太路過一家煙館，上街取包裏，偶然瞥見丈夫在二樓窗口，於是大聲呼叫，闖上樓，丈夫已不見蹤影，只見丈夫的衣服和給兒子買的積木，臨河的窗台上有幾滴血跡。夫人詢問常住樓上的一位醜陋的歪嘴乞丐，他發誓說根本沒見此人，肯定是夫人看花了眼。聖克萊爾先生杳無音信，難道被人謀殺了嗎？巡捕前來帶走了嫌疑犯歪嘴乞丐。聖克萊爾夫人請福爾摩斯斷案。福爾摩斯初步斷定聖克萊爾先生被人謀殺。奇怪的是，夫人這時又收到丈夫的一封潦草的親筆信。福爾摩斯被這個問題窘住了。經過徹夜不眠的思考，心中豁然開朗。第二

天早晨，福爾摩斯親自去捕房，給在押的歪嘴乞丐清洗污穢骯髒的臉面，邊洗邊說：「這位是聖克萊爾紳士。」果然，此人臉上粗糙骯髒的棕色不見了，歪嘴唇不見了，一堆亂蓬蓬的紅頭髮在一揪之下也掉了，乞丐轉眼間變成面色蒼白、愁眉不展的聖克萊爾紳士。「天啦！」巡官大叫道：「真的，他就是那個失蹤的人，我從相片上認出他」。

這是怎麼回事呢？還是聽一聽聖克萊爾先生的自述吧！根據他的自述，他原是倫敦一家晚報的記者，總編輯想要一組反映大城市裏乞丐生活的文章。聖克萊爾先生自告奮勇，充扮乞丐深入乞丐群體驗生活，他發現在街頭當乞丐賺錢容易，於是便辭職去當乞丐，賺了一筆錢成家之後，他仍瞞著妻子，那天恰巧被妻子看見。為了矇混過關，他製造了假現場。歪嘴乞丐就是聖克萊爾紳士，福爾摩斯這個意外的判斷，又何嘗不在情理之中呢？

柯南道爾對驚險場景的構思和描寫，計謀情節、恐怖情節、意外情節等，常為後來的偵探小說家所借鑑。

總而言之，富於智慧的人物形象和驚險聳動的故事情節是柯南道爾的《福爾摩斯探案集》取得成功的祕訣所在。

（二）《血字的研究》和《四簽名》簡析

《血字的研究》是柯南道爾所寫的、以福爾摩斯為主人公的第一部偵探小說。柯南道爾本來用了「亂了的線團」這個書名，後捨棄不用，改為《血字的研究》。這部偵探小說是柯南道爾在行醫之餘的時間內寫成的，那時柯南道爾沒有意識到他正在創造英語小說中最有名的人物。《血字的研究》寫成於 1886 年 4 月，柯南道爾首先寄給《康希爾》雜誌的主編，得到的答覆是：「作為短篇故事太

長，作為一本書則短」，因此未被採用。接著，他又寄給弗雷德里克‧沃恩和阿羅‧史密斯，結果看都沒看就退了回來。最後，他寄給沃德‧洛克出版公司，這家公司反映稍微積極一些，說：「故事不能馬上出版，如果願意把稿子留給我們，我們將選入《1887 年比頓聖誕年刊》」。就這樣，這部作品幾經周折，終於在 1887 年出版了。

　　深受廣大讀者喜愛的大偵探福爾摩斯首次在《血字的研究》中亮相。作者在小說開頭如數家珍地描述前陸軍軍醫部醫學博士華生怎樣與福爾摩斯結識、福爾摩斯和華生怎樣在貝克街 211-13 號設立偵探所、福爾摩斯的個性和修養如何，等等。而這一切都是透過華生的角度交代出來的。

　　福爾摩斯的偵破才能首次體現在勞瑞斯頓花園街慘案的偵破上。勞瑞斯頓花園街後面，有一幢空寂的樓房，房前有一小片草木叢生的花園，小花園中有一條用黏土和石子鋪成的黃色小徑。一夜大雨，道路泥濘不堪。一個中年男子的屍體倒臥在房內搖曳的燭光中，僵硬的臉上露出恐怖的神情，用血塗抹的「報仇」二字出現在牆上。《血字的研究》故事序幕緩緩拉開。

　　福爾摩斯應邀前來辦案，經勘察，推定死者是一位美國紳士，在倫敦已盤桓數月之久。後查明死者名叫錐伯，他是由私人祕書約瑟夫‧斯坦節遜陪同來英國旅遊的。福爾摩斯著手尋找斯坦節遜，然而這位祕書於這天清晨在一家旅館內被人暗殺了，牆上留有「報仇」兩個血字。線索中斷，怎麼辦？福爾摩斯發動他的貝克街偵緝小分隊（六個街頭流浪頑童組成）四處打探，終於逮住了兇手——街頭馬車夫傑弗遜‧侯波先生。

　　照例來說，案情已經水落石出，故事可以到此為止了。然而，柯南道爾沒有擱筆，而是把筆觸伸向問題的隱祕處，繼續進行「血

字的研究」。柯南道爾在小說的後半部倒敘了勞瑞斯頓花園街慘案的根由。早些年頭，在美國鹽湖城，錐伯搶走並害死了傑弗遜‧侯波先生的未婚妻露茜，由此結下不共戴天之仇。傑弗遜‧侯波先生歷盡千辛萬苦，跟蹤追擊，終於毒殺了仇人。這就是「血字的研究」的由來，雖然這起案件被福爾摩斯破獲了，但留下一個值得研究的社會學課題。

　　柯南道爾的《血字的研究》，與愛倫坡的《毛格街血案》比起來，很明顯是同屬一個模式。但柯南道爾豐富且拓展了愛倫坡的模式。書中充滿了謎一般的線索、起伏曲折的懸念，以及驀然回首的倒敘手法，體現了福爾摩斯豁達大度的偵探作風，洋溢著柯南道爾出手不凡的創作才能。

　　繼《血字的研究》之後，柯南道爾又拋出一部長篇偵探小說力作〈四簽名〉。在這部小說中，作者讓主人公福爾摩斯大顯神通，偵破一件撲朔迷離、怪誕神奇的印度寶物角逐案。

　　小說從家庭教師摩斯坦小姐到貝克街偵探事務所求見福爾摩斯開始，懸念層出不窮。駐印度的軍官摩斯坦上尉十年前返回倫敦時突然失蹤，遺物中有一張圖紙，上面有四個簽名。摩斯坦上尉在印度時的戰友舒爾托少校病死後也留下一張圖紙，寫著四個簽名。櫻沼別墅慘案，舒爾托的大兒子被人謀殺，寶物被盜，屍體旁邊放置一張從記事簿上撕下來的破紙，上面潦草地寫了四個簽名。這些事件將福爾摩斯和華生引向更深的奧祕境地。

　　根據櫻沼別墅慘案現場的足印，福爾摩斯令人信服地推定是一位裝著假肢的人作的案。而此人正是「四簽名」中的斯茂。福爾摩斯幾番搜索，窮追不捨，終於在泰晤士河的船上擒獲帶寶物潛逃的罪犯斯茂。這一連串事件有著前因後果：兩個負責看守囚犯的軍官摩斯坦上尉和舒爾托少校，獲悉一件藏寶祕密，一個名字叫斯茂的

英國人給他倆畫了一張圖，自己簽了名，還代三個同夥簽了名，這就是「四簽名」的來歷。舒爾托按照圖紙找到寶物，帶回英國，毀約獨吞寶物。摩斯坦回英國後即去老戰友那裏索取自己應得的一份。未果，爭議中摩斯坦跌撞而死。舒爾托唯恐東窗事發，悄悄地埋葬了摩斯坦。不久，斯茂從印度越獄潛回英國，追尋應得的寶物，從而製造了一系列事件。這件疑案偵破後，福爾摩斯精疲力竭，不得不靠吸可卡因提神醒腦，而這次偵破活動的兩名參與者從中獲益，華生醫生同摩斯坦小姐喜結良緣，警官瓊斯官升一級。

〈四簽名〉筆意縱橫，筆法老練，其豐富性和複雜性超過《血字的研究》。〈四簽名〉雖然在題材方面類似於柯林斯的《月亮寶石》，但不同於《月亮寶石》，福爾摩斯的形象要比卡夫探長豐滿得多。故事中，福爾摩斯手牽獵狗托比，沿街覓跡搜尋，泰晤士河上駕船追擊逃犯等場景的描繪，饒有風趣。作者把福爾摩斯雷厲風行的性格刻畫得惟妙惟肖。〈四簽名〉深化和發展了愛倫坡、柯林斯小說中忽隱忽現的謎一般的線索，開端提出懸念，接著解釋懸念，又引出新的懸念，懸念的手法始終圍繞故事關鍵性的問題展開，既有「懸」又有「釋」，整部小說迴旋跌宕，張弛有致。

（三）《恐怖谷》結構分析

《恐怖谷》是柯南道爾後期所寫的一部長篇偵探小說。它由兩部分構成，第一部分是《伯爾斯通的悲劇》，第二部分是《死酷黨人》。《恐怖谷》中，柯南道爾偵探小說結構的幾個重要因素：謀殺案發、祕密、案中案、前史、高潮，都有所體現。

《伯爾斯通的悲劇》雖然是《恐怖谷》整體中的第一部分，卻自足自律，可以看作是一部近乎完整的偵探小說作品。小說開頭寫

福爾摩斯和華生破譯密碼，麥克唐納警官前來報告，一位名叫道格拉斯的男子在伯爾斯通莊園被槍殺。福爾摩斯奔赴城高溝深的伯爾斯通莊園，發現道格拉斯被人用獵槍殺害，屋裏弄得凌亂不堪，但有一支蠟燭和一塊血跡成為很特別的線索。福爾摩斯還注意到，原來放在書房裏的一對啞鈴丟了一個。福爾摩斯抓住這個疑點，略施小計，奇蹟出現了，道格拉斯「死」而複生，陳述了詳情：「道格拉斯這位美國人，在國內跟某些人結怨，怕被報復，從美國遷居到英國伯爾斯通莊園。誰知那天晚上，從美國來的歹徒鮑德溫潛入莊園。道格拉斯與持槍的歹徒肉搏，碰響扳機，歹徒斃命。道格拉斯大驚失色，卻靈機一動，用歹徒的衣物包著啞鈴丟進壕溝中，利用自己與歹徒酷似的外形，偽裝自己突遭暗殺，製造了假現場後，道格拉斯躲進莊園內隱祕的地下室，打算等風聲過後再轉移。」福爾摩斯對伯爾斯通莊園案子的調查結果非常吃驚，「恐怕這件事還不算完」，福爾摩斯說道：「你會發現還有比英國刑法更大的危險，甚至也比你那些從美國來的仇敵更危險。道格拉斯先生，我看你面前還有麻煩事，你要記住我的忠告，繼續小心戒備才是」。福爾摩斯心中有種不祥之兆。

接著，小說的時間呈逆時針運轉，作者讓讀者的思緒暫時遠離伯爾斯通莊園和道格拉斯先生，作一次遠遊，把二十年前發生在美國西部維爾米薩谷地的一段往事擺在讀者面前。

《恐怖谷》的第二部分《死酷黨人》也可看作是一部較為完整的偵探小說作品。它描寫一位自稱是傑克・麥克默多的鬥士，從舊金山來到維爾米薩谷煤礦區，隨即與當地一位「死酷黨人」鮑德溫爭奪一位少女而成了情敵。他以其勇猛剽悍博得了「死酷黨」頭領麥金蒂的賞識，並被吸收加入死酷黨組織。麥克默多經過一段時間的生活，才明白「死酷黨」這個暗殺組織已把維爾米薩山谷變成了

「恐怖谷」和「死亡谷」。麥克默多為了表示對首領麥金蒂的效忠，主動承擔了消滅即將前來辦案的舊金山平克頓偵探事務所偵探伯爾第‧愛德華的任務。麥金蒂及黨徒拭目以待，然而等待他們的卻是束手就擒。「死酷黨人」被殲滅，只有鮑德溫等少數歹徒逃脫。原來，愛德華偵探不是別人，正是打入死酷黨內部的麥克默多。而麥克默多鬥士、愛德華偵探就是後來卜居伯爾斯通莊園的道格拉斯先生。

最後，《恐怖谷》的兩大部分組合交接，故事尾聲是，經過警署審理，道格拉斯因過失殺人予以釋放。然而，兩個月後，道格拉斯先生坐輪船赴南非旅行途中遇難，應驗了福爾摩斯的預言，「哎呀！原來如此！」。福爾摩斯若有所思地說道：「嗯，我可以肯定，這是有人在幕後周密安排與指揮的」。福爾摩斯斷定，美國「死酷黨」殘餘分子與英國犯罪魔王莫里亞蒂教授相勾結，向愛德華下毒手。福爾摩斯發誓，等自己磨好劍後，定會擊斃血債累累的魔王。

《恐怖谷》是柯南道爾在 1912 年冬天至 1914 年春天這段時間內寫成的。柯南道爾在 1914 年 2 月給友人的信中說：「和《血字的研究》一樣，這本書至少有一半篇幅用來回述在美國發生的事，這些事導致後來在英國出現罪行，小說的後一部分要包含一個出乎意外的情節，我希望這個情節對最堅定的讀者也將是個難題。但是，在很長一段時間，我們把福爾摩斯放在一邊，這是有必要的。」在這封信中，柯南道爾還寫下了自己的想法：「我想像，這是我寫的最後一部小說了」。柯南道爾這部小說在《海濱雜誌》發表後，一些評論家貶低《恐怖谷》，他們不喜歡第二部分，認為該部分包含「政治」的一面（指小說中煤礦區的描寫影射 1876 年賓夕法尼亞無煙煤礦發生的茉莉‧瑪吉爾案件），再說在寫作的技巧上贅述較多。總之，他們認為這部小說不如前期之作。後來，美國學者約翰‧

狄克森·卡爾在他寫的柯南道爾傳記中反駁了以上觀點。他認為《恐怖谷》是柯南道爾「最後一篇，也是最好的一篇偵探小說」。

筆者同意約翰·狄克森·卡爾的觀點，認為《恐怖谷》是一部結構完美的偵探小說作品。結構呈回環型，前後銜接，融為一體。如圖所示：

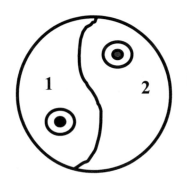

1、指第一部分《波爾斯通悲劇》
2、指第二部分《死酷黨人》

從圖中，我們可以看出：《恐怖谷》情節的發展沿著倒轉回環的方式展開，第一部分《伯爾斯通悲劇》和第二部分《死酷黨人》構成一組探案故事。這兩部分透過回環型結構，融貫交合，組成一個完整的系統。即：從「伯爾斯通莊園的悲劇」引伸到「恐怖谷的淵藪」；從道格拉斯紳士回轉到愛德華偵探；以愛德華偵探映襯福爾摩斯；從福爾摩斯破譯莫里亞蒂密碼開始到認定莫里亞蒂參與謀殺為止。總之，《恐怖谷》這部偵探小說，以果探因，因果契合，情節結構串聯有序，十分巧妙。

（四）一個長長的尾聲

自從「福爾摩斯探案」問世並大獲成功以後，福爾摩斯成了偵探小說中的「典型」，模仿者趨之若鶩，形態各異。

1、誇張式模仿

在讀者的心目中，福爾摩斯過去無疑是被刻畫為歐洲分析問題最透徹的推理者和精力最充沛的偵探。正如福爾摩斯的助手華生醫生所說，福爾摩斯是一架觀察問題、推理解決問題的最完美的思維機器。後來，有的偵探小說作家把福爾摩斯的邏輯推理絕對化，使破案的偵探成為一架「思維機器」。美國偵探小說作家雅克・富特雷爾筆下的凡・杜森教授剛剛學會下棋的規則，便運用神奇的邏輯推理才能，只用三十步棋，便擊敗了一位國際象棋世界冠軍。這位凡・杜森教授的綽號就叫《思維機器》。

2、諧虐式模仿

有的偵探小說作家故意同福爾摩斯開玩笑，做了類似翻案的文章，讓一個大偵探經過偵查嚴密推理得出的結論最後證明是錯誤的。英國偵探小說作家 E・C・本特里的《純特的最後一案》就是這樣一部作品。這種開玩笑的模仿，一方面表現出作者的「怪才」，另一方面也能博得讀者的莞爾一笑。

3、創新式模仿

福爾摩斯在辦理棘手的案件時，苦思冥想，強烈的追捕欲望會突然支配他，在這個時候，他的推理能力就會高超到成為一種直覺，以致那些不瞭解他作法的人會以疑問的眼光，把他看作是一個萬事通和知識超人。有的偵探小說作家借鑒了這個文思，撇開推理和物質的線索，利用直覺或對罪犯的心裏和品性的觀察進行破案。英國偵探小說作家 G・K・切斯特頓（1874-1936）創作了一套以天主教神父布朗為主角的短篇偵探故事集。切斯特頓筆下的布朗神父

同福爾摩斯的外貌迥然不同，矮矮的個子，胖胖的身體，呆頭呆腦，圓圓的面孔上有一雙無神的金魚眼，走路邁著小步，總是顯得慌裏慌張。然而這個外貌令人發笑的布朗神父用直覺偵破了許多疑案。切斯特頓最有趣和最重要的創新，就是創造了布朗神父的形象，以及他那從人的內心來窺視和揭露犯罪行為的方法。

4、借喻式模仿

英國學者休·格林曾編輯了一套《福爾摩斯式的探案》，選收了西方幾十部著名的偵探小說作品，冠以「福爾摩斯式的探案」為總題，藉以說明偵探小說之精義。實際上，福爾摩斯已成了偵探主人公的化身。八十年代初，中國著名的科幻小說作家葉永烈曾創作了一部偵探科學幻想小說《科學福爾摩斯》，刻畫了一位中國某市公安局偵察處長金明的人物形象，金明依靠淵博的科學知識，偵破一家軍工造船廠發生的一起重大科技情報失竊案。

5、承傳式模仿

在文學史上，有時會出現子承父業的現象。例如，法國的大仲馬和小仲馬。在偵探小說史上也有一例，那就是柯南道爾的小兒子阿德里安·柯南道爾緊步父親的後塵，創作了一部偵探小說集《夏洛克·福爾摩斯的成就》。阿德里安接受的是維多利亞時代的傳統教育，和他的父親關係最密切。他曾不止一次進行深海捕魚考察，並就這些考察寫過兩本書（《天有爪》和《孤獨的獨桅三角帆船》）；他熱衷於冒險，傾心於前代遺風，尊重那種形成他父親完美特性的騎士思想，也可以說尊重福爾摩斯。帶著對父親創造福爾摩斯人物形象這一業績的敬意，他繼承傳統，使用父親寫作時用過的桌子，

置身於他父親曾經生活過的環境之中，從各方面致力於再現以前的氣氛，哪怕是極小的地方也不放過。

《夏洛克‧福爾摩斯的成就》是根據原來柯南道爾的五十六個偵探故事和四部長篇偵探小說中華生醫生所提到的未破案件寫作的。情節是新的，但故事結構方面卻是忠實於原作，使原作得以再現。其中，阿德里安寫的《紅寡婦奇案》就是根據其父《冒險記》中的〈波西米亞醜聞〉裏「在達靈頓頂替醜聞案件中，它對我有用，安斯沃思案件中也是如此」這兩句話寫成的。阿德里安描寫了福爾摩斯如何偵破「安斯沃思案件」的故事，寫作風格酷似老柯南道爾。

6、並非狗尾續貂的模仿

文壇常有續寫名著的事，這樣的事情往往吃力不討好，很難奏效，易被他人譏為「狗尾續貂」。然而，美國當代作家尼古拉斯‧邁耶（1945-）續寫「福爾摩斯探案集」卻獲得了成功，他在七十年代寫的《百分之七溶液》這部長篇小說一問世，立即受到讀者的熱烈歡迎，成為轟動一時的暢銷書。

尼古拉斯‧邁耶利用《福爾摩斯探案集》中的兩個材料，即：福爾摩斯注射可卡因麻醉劑的惡習和他的死對頭——莫里亞蒂教授。邁耶在這兩個材料上大做文章，探討福爾摩斯為什麼會染上那種惡習，他的古怪性格從何而來，他怎樣與莫里亞蒂結下了不解之緣，莫里亞蒂其人背景如何。這一切在柯南道爾的《福爾摩斯探案集》中沒有交代清楚，多年來不少讀者對此存有疑問。邁耶經過幾年的研究，別出心裁地創作了《百分之七溶液》。

作者假託《百分之七溶液》是新發現的福爾摩斯的助手華生的手稿，描寫大偵探福爾摩斯與著名精神分析科學家弗洛伊德合作破案的故事。福爾摩斯由於長期注射百分之七濃度的可卡因而神經失

常，在住院接受弗洛伊德治療時發現一樁大案。福爾摩斯斷定是犯罪魔王莫里亞蒂教授在作案，於是，偵破人間疑案的大偵探福爾摩斯和精神分析大師弗洛伊德兩人通力合作，奮勇追擊，偵破疑案並推遲了一場戰爭的爆發。

《百分之七溶液》這部偵探小說令人嘖嘖稱讚的地方在於：作者把福爾摩斯的個人經歷同當時歐洲的社會背景聯繫起來，同第一次世界大戰聯繫起來，甚至同當時剛剛萌芽的弗洛伊德精神分析學說聯繫起來。作者具有高超的編織情節的技巧，把幾條線索合理地交織在一起，錯綜發展，最後又出人意料地統一到福爾摩斯的性格方面，為人們解開多年來未解的福爾摩斯性格之謎。作者在這部小說的後面承認，假如不是柯南道爾塑造出福爾摩斯和華生這兩個家喻戶曉的人物形象，也就不會有《百分之七溶液》。這句話是千真萬確的，同樣千真萬確的是，《百分之七溶液》使福爾摩斯和華生復活了，因為這一次福爾摩斯成為一個更逼真、更豐滿、更接近常人的形象。

柯南道爾的《福爾摩斯探案》以特有的魅力征服了世界各地千千萬萬的讀者和作者，直到今日仍未失去其影響，如一個長長的尾聲沒有消逝，仍在繼續。

五、險象環生的義俠傳奇

——盧布朗《水晶塞子》透視

福爾摩斯是舉世聞名的偵探形象。但在西方還有一位家喻戶曉、敢於同福爾摩斯抗衡，並且勝負難分的人物。他就是法國作家莫里斯・盧布朗筆下的亞森羅蘋。亞森羅蘋破案無堅不摧，作案則使那些赫赫有名的偵探束手無策；他活動的舞台，從巴黎到外省，從城市到農村；對受苦受難者，他見義勇為，拔刀相助；對為富不仁者，他針鋒相對，毫不留情；對無能的警察，則百般奚落，無情嘲諷。盧布朗曾寫過一本饒有風趣的小說《亞森羅蘋智鬥福爾摩斯》，小說中描述法國發生兩起棘手的疑案——藍寶石失竊案和猶太燈失竊案，這兩起失竊案都是亞森羅蘋指使同夥幹的，法國警察局無可奈何，不得不邀請福爾摩斯和華生前來破案。亞森羅蘋惡作劇地捉弄福爾摩斯，雖然高明的福爾摩斯最終破獲疑案，但對亞森羅蘋始終奈何不得，雙方相互博弈，難分勝負。在西方偵探小說史上，盧布朗成功地塑造了亞森羅蘋這個「義俠」形象。由此，盧布朗獲得了「法國當代大仲馬」的美譽。

莫里斯・盧布朗（1864-1941）出生於法國魯昂富有的船東之家。他早年攻讀法律，嘗試寫作心裏分析小說，後來轉向創作偵探小說。那是在 1904 年，《萬事通》月刊主編邀請盧布朗為該刊撰寫一些通俗故事，他信筆寫了一篇〈亞森羅蘋被捕記〉。當時，作者並不打算繼續寫下去。只是到了 1907 年，他發表的〈俠盜亞森羅蘋〉引起社會的極大興趣，自己一發而不能收。在三十餘年的創作生涯裏，盧布朗創作了《卡格里奧斯特羅伯爵夫人》、《水晶塞子》、

《綠眼睛姑娘》、《虎牙》、《空心岩》等二十多部亞森羅蘋俠義偵探小說，使亞森羅蘋的名字在三十年代風靡一時。

《水晶塞子》是莫里斯・盧布朗創作的「亞森羅蘋義俠傳奇」中最著名的一部，代表盧布朗偵探小說創作成就。盧布朗在《水晶塞子》中描繪出一幅刀光劍影、驚心動魄的圖畫。

（一）《水晶塞子》的情節

一隻小小的水晶塞子裏藏著一份利害攸關的二十七人簽名書，形形色色的人展開了緊張的角逐和生死搏鬥。惡棍多勃萊克首先竊取了二十七人簽名書，把它藏在水晶塞子內，一手遮天、敲詐勒索，為所欲為。深受其害的克拉麗絲母子為復仇而落入魔網；警察局祕書長帕拉斯維爾充滿著對多勃萊克的怨恨和嫉妒，卻無可奈何；阿爾比費克斯侯爵欲取而代之，卻機關算盡。亞森羅蘋除暴安良，同強大的對手進行了驚心動魄的激烈較量。他歷經磨難，降服惡魔，終於從多勃萊克的假眼裏摳出水晶塞子，覓得簽名書。多勃萊克失去咬人的毒牙，自殺身亡；克拉麗絲母子化險為夷，一家團圓，報仇雪恨，如願以償；帕拉斯維爾和阿爾比費克斯如喪家之犬，一蹶不振；亞森羅蘋伸張了正義，如釋重負。

現在我們來看看《水晶塞子》裏的幾組人物。

1、施虐型——多勃萊克。案件的主角。一連串事件都與他有直接關係。他盜取二十七人簽名書，藏在不為人知的水晶塞子內。以此為要挾，敲詐勒索，欺世盜名，當上了議員。政府姑息遷就他，法律懲治不了他，別人挨近不了他，堪稱「一代魔王」。

多勃萊克氣焰囂張，不可一世。他的信條是「我的敵人越是多，越是詭詐，我就越加步步為營地不讓他們有空子可鑽」。多勃萊克

的作惡多端最明顯的表現是欺負克拉麗絲。他在年輕時追求克拉麗絲不成，便惱羞成怒。為了報復克拉麗絲，他拐騙克拉麗絲的愛子吉爾貝，教唆孩子扯謊、偷盜、吃喝玩樂，把孩子引入歧途。為了報復克拉麗絲，他利用二十七人簽名書陷害克拉麗絲的丈夫——下議院議員梅爾吉，導致無辜的梅爾吉自殺身亡。為了報復克拉麗絲，他虎視眈眈地窺視羸弱無助的不幸者，發瘋似地想把她弄到手。他揚言要拋出簽名書，以吉爾貝的生命為要挾，企圖迫使克拉麗絲就範。卑鄙無恥的行徑，令人髮指。

多勃萊克對付警察局祕書長帕拉斯維爾的態度是既打擊，又利用。早年，帕拉斯維爾由於不顧多勃萊克的勸阻，做了克拉麗絲和梅爾吉婚姻的證婚人，多勃萊克就懷恨在心，暗殺了帕拉斯維爾的年輕的愛妻。後來，為了緩和緊張的關係，多勃萊克與當局作交易，讓帕拉斯維爾當上了警察局祕書長。另外，多勃萊克對另一位達官貴人阿爾比費克斯侯爵進行的威逼，主要是勒索錢財。

多勃萊克在水晶塞子的事件中同亞森羅蘋短兵相接。面對亞森羅蘋的跟蹤，狡點狠毒的多勃萊克採取反跟蹤，使亞森羅蘋連連中計上當，千方百計阻止亞森羅蘋對水晶塞子的搜尋。多行不義必自斃。邪惡勢力的代表多勃萊克最終被亞森羅蘋所擊敗。

多勃萊克是施虐型的反面人物，是社會秩序的破壞者。

2、復仇型——克拉麗絲。這是個品德賢淑、氣質剛毅、性格沉著的中年婦人。她對毀壞她家庭幸福的罪魁恨之入骨，她要復仇，為丈夫、為兒子、為自己。報仇雪恨是她的行為準則，是貫穿她全部生活的心事。正如她所說：「我再沒有別的奢望，別的目標，我就想親眼看到這個壞蛋垮台、完蛋、受罪、哭泣——要是他還能哭得出來的話。」為此，她殫精竭慮地爭取水晶塞子，保住她丈夫

的名譽、保住她兒子的生命。但是，她也有軟弱的一面，面對強大的對手，她不得不屈尊去多勃萊克處求情，要不是亞森羅蘋鼎力相助，她最終會因心力交瘁而為多勃萊克俘獲。

在復仇過程中，克拉麗絲對亞森羅蘋的態度是變化的。先是不信任，直到後來亞森羅蘋真誠的行動才使她信服，露出矜持的感激。在復仇過程中，克拉麗絲利用帕拉斯維爾同多勃萊克的矛盾達到監視多勃萊克的目的，但卻受到警察局祕書長的敷衍。

克拉麗絲是復仇型的人物，是邪惡勢力的受害者。

3、猥瑣型──帕拉斯維爾和阿爾比費克斯。這兩個人物都同二十七人簽名書有瓜葛，都同多勃萊克有矛盾和宿怨，都想清除心腹之患。帕拉斯維爾借機搜查多勃萊克的住宅，目的是尋找水晶塞子，保住自己的烏紗帽，但這個草包不是多勃萊克的對手。帕拉斯維爾對克拉麗絲的求援，採取事不關己、高高掛起的態度，敷衍塞責。帕拉斯維爾視亞森羅蘋為洪水猛獸，一心想俘獲亞森羅蘋，但在大智大勇的亞森羅蘋的面前，威風掃地。帕拉斯維爾屬於腐朽無能的官方警察機構的代表。

阿爾比費克斯侯爵心懷鬼胎，懼怕多勃萊克揭出隱祕。為了保住自己的地位，他忍氣吞聲接受多勃萊克的勒索，暗地裏卻伺機反撲。劫持多勃萊克的目的，是獲取二十七人簽名書。阿爾比費克斯最終因東窗事發而身陷圇圄，自殺身亡。

帕拉斯維爾和阿爾比費克斯是猥瑣型人物，官場中的混跡者。

4、義俠型──亞森羅蘋。一個大俠形象，作為多勃萊克的對立面出現在小說中的主角。

　　亞森羅蘋這個大俠向他所生活的那個社會發起猛烈的進攻。他常常進行有趣的盜竊，而那一類盜竊活動的目標不是某個來路不明的外國闊佬，就是那些惡霸。得手之後，還得讓被竊者成為眾人取笑的對象並贏得輿論的支持。他在盜竊惡棍多勃萊克的瑪麗—黛蕾絲別墅的財物中，偶然撞上了震驚而神祕的水晶塞子案件，由此展開了運智鬥法的偵破歷程。在整個過程中，亞森羅蘋曾五次受到多勃萊克的捉弄。第一次，亞森羅蘋潛入多勃萊克寓所偵察，躲在天鵝絨窗簾後面，被老謀深算的多勃萊克當場抓獲，大加奚落，驅趕出門。第二次，亞森羅蘋喬裝打扮，潛入多勃萊克的包廂，向陪同多勃萊克看戲的神祕女人打探情況，被老奸巨猾的多勃萊克當場捉住，一番扭打，亞森羅蘋才得以脫身。兩次偵察，均告失利，亞森羅蘋意識到自己遇上了一個強勁對手，而且無法否認對方在此案中所施展的手腕十分高超。儘管對手強暴成性，亞森羅蘋堅信正義必定戰勝邪惡，他勉勵自己：「你確信這個案子是圍著那個神聖的塞子而轉的，那就大膽地幹吧，一定要抓住多勃萊克和他的水晶塞子窮追不捨！」第三次，亞森羅蘋攀登上戀人塔，把多勃萊克從阿爾比費克斯囚禁下奪回來，卻遭到多勃萊克的暗算，險些喪命。第四次，亞森羅蘋為解救克拉麗絲的小兒子，化裝成凡爾納大夫深入虎穴，被多勃萊克識破，打電話給警察局來捉拿亞森羅蘋。最後一次，亞森羅蘋總算擒住了多勃萊克，但冥頑不化的多勃萊克交出一顆假的水晶塞子，亞森羅蘋被騙。事實的教訓使亞森羅蘋擦亮了雙眼，堅定了奮力反擊的鬥志。道高一尺，魔高一丈。最後，亞森羅蘋終於從多勃萊克左眼中摳出了水晶塞子。這場善與惡的搏鬥，最終以善的勝利而告終。車站相會一段細節展示了亞森羅蘋的義俠雄風和多勃萊克的悲慘下場。

站台上，亞森羅蘋居高臨下，對絕望的多勃萊克奚落道：「我看你認出了我，是否還記得幾個月前，我跑到你拉馬丁廣場的住所請求你幫助吉爾貝的那次會見？那天我曾對你說『放下武器，救出吉爾貝，我會讓你過上安靜生活，否則，我將把二十七簽名書搞到手，置您於死地。』哎，我相信，總有一天你會連家私都輸光的，果然不出所料！但願你會接受教訓！再見，多勃萊克。如果您想購置新的水晶塞子而急需一、兩個金路易的話，就來找我，我會慷慨施捨的。再見。多勃萊克。」

他遠去了。

還沒走幾步，就聽到背後一聲槍響。

他回過頭去。

多勃萊克把子彈射進了自己的腦殼。

「安息吧，」亞森羅蘋脫下帽子，低聲默誦道⋯⋯。

亞森羅蘋對惡棍堅決打擊，不獲全勝，決不罷休；對弱者卻無限同情，拔刀相助。當亞森羅蘋了解二十七人簽名書的真相後，發誓要從多勃萊克那裏奪回水晶塞子，幫助克拉麗絲母子團圓。正當克拉麗絲為即將失去兒子而悲痛欲絕時，亞森羅蘋輕輕地來到克拉麗絲的身旁，充滿同情的目光凝視著她，說道：「聽我說吧，我向您發誓，一定要救出您的長子，我向您保證⋯⋯您的兒子是不會死的，您聽見了嗎？⋯⋯只要我活著，世界上就沒有一種力量能使您的長子喪命。」他是這樣說的，也是這樣做的。他多次制止克拉麗絲的妥協，為了挽救吉爾貝的生命，他甚至單槍匹馬去打劫法場。

亞森羅蘋在偵破過程中，不但要同多勃萊克這條惡棍搏鬥，還要同帕拉斯維爾為代表的官方警察局斡旋鬥爭，還得克服自身在惡劣的條件下引起的困惑。在錯綜複雜的交叉點上，亞森羅蘋的形象凸現出來，栩栩如生，呼之欲出。

亞森羅蘋屬於義俠型的人物，出於本性或心血來潮，不時去行善和抗惡，屬於除害者。

從以上四組人物中我們可以看出，不同的人物在事件中處於不同的地位，起著不同的複雜作用，構成他們彼此之間的關係。其中，亞森羅蘋和多勃萊克是中心人物。他們的衝突具有「戲劇性」，包含著一些大致相等的力量之間的較量，包含著動作和反動作。盧布朗《水晶塞子》對人物的安排和對人物關係的揭示，頗具藝術性。

（二）《水晶塞子》的曲折性

《水晶塞子》中的幾組人物要找的僅僅是一件東西，唯一的一件東西──水晶塞子。這個神祕莫測的水晶塞子，猶如斯芬克斯之謎，只有隨著案情的發展才有希望解開謎底。《水晶塞子》的主要特徵是急事緩寫，造成情勢的跌宕起伏。

小說開始，「水晶塞子」的去向就撲朔迷離，兩次從亞森羅蘋那裏不翼而飛。第一次，亞森羅蘋把吉爾貝從多勃萊克別墅竊來的「水晶塞子」帶回臥室，一覺醒來，發現「水晶塞子」不見了，夜裏竟有人大膽而又機智地潛入亞森羅蘋的臥室，竊而去之。第二次，亞森羅蘋在別人的幫助下又獲得「水晶塞子」，然而他從商店裏走出來，發現口袋裏的「水晶塞子」被人掏走了。奇怪的是「水晶塞子」兩次不翼而飛，重又回到原處──多勃萊克床頭櫃的抽屜

裏。直到那天午夜兩點，亞森羅蘋在多勃萊克酣睡的臥室的樓梯口撲住那個黑影，才明白是怎麼回事。原來，是克拉麗絲對亞森羅蘋不信任，兩次派七歲的小兒子小雅克從亞森羅蘋那裏盜走「水晶塞子」。角逐水晶塞子的四組人物纏在一起，構成錯綜複雜的戲劇性情節。藏有二十七人簽名書的那顆水晶塞子的去向如何，便成為讀者急於知曉的關鍵，造成了故事的懸念。

盧布朗在描述故事，解釋懸念的過程中，設置了一個又一個的關節，使事件的發展波瀾迭起：小雅克遭到綁架，多勃萊克失蹤，戀人塔囚禁，亞森羅蘋受傷，克拉麗絲被騙上當，亞森羅蘋一路跟蹤南進，誤入義大利，多勃萊克供出的水晶塞子中的二十七人簽名書是假的。這樣，小說經過幾個波瀾，才將結局托出。同時，作者盧布朗又在每個關節處或波瀾處，用細膩筆調來延宕故事，表現出雙方爭奪水晶塞子的激烈程度。

小說中描寫的亞森羅蘋兩次追蹤多勃萊克的情節尤為曲折、緊張。一次是多勃萊克被阿爾比費克斯侯爵劫持至戀人塔。為了不使二十七人簽名書落入他人之手，亞森羅蘋冒著粉身碎骨的危險，攀登懸崖峭壁，用懸梯救出多勃萊克，反被多勃萊克砍下懸崖。另一次是多勃萊克挾持克拉麗絲遠走，亞森羅蘋在杳無音信的情況下，誤入多勃萊克設下的歧路，進行漫無目標的追捕。而這時距處決吉爾貝只有兩天時間了，多勃萊克伺機侮辱克拉麗絲。眼看陰謀就要得逞，亞森羅蘋如神兵天降，擒獲這個惡棍。小說細緻地描寫了亞森羅蘋怎樣從多勃萊克的左眼裏摳出水晶塞子，覓得簽名書，使克拉麗絲母子團圓的過程，作者運用扣人心弦的敘事手法，刻畫了亞森羅蘋偵破水晶塞子案的艱難歷程，即：目的受阻──障礙初步克服──新的複雜局面──最後一分鐘營救。既把故事描寫得委婉曲折，又緊緊扣住讀者的心弦。

　　作為法國著名的小說家，莫里斯・盧布朗在繼承前人的基礎上大膽地進行了嘗試，把法國偵探小說這一形式推向一個新的階段。他之所以被稱為「法國當代的大仲馬」，是因為他吮吸了大仲馬《三劍客》、《基督山伯爵》等小說的題材和情節的某些質素，在以亞森羅蘋為主人公的幾十部小說中都體現了他的創新。在人物描寫上，他自然地運用想像、假設和推理，並賦予人物性格化的語言和行動，同時心裏描寫也較細膩。這就使小說既有真實性，又富有傳奇性。此外，他把主人公的想像與偵探小說特有的虛構和諧地結合起來，彌補了偵察與情節的傳奇色彩不相協調的缺陷；他還擅長在小說中巧妙地運用歷史的典故，使故事顯得逼真而又引人入勝。如《水晶塞子》中關於戀人塔的歷史傳說。這可以說是他在偵探小說藝術上的突出貢獻。

　　盧布朗的創作手法顯然也受到柯南道爾的影響。他筆下的亞森羅蘋絕不是英國福爾摩斯式的人物，而是具有獨特的人物性格。亞森羅蘋一身江湖豪俠氣，除暴安良，伸張正義，對那些貪官污吏、淫棍惡霸發起連續的進攻，因而成為官方膽戰心驚的人物。然而為了迷惑對方，他不斷喬裝打扮，改變著自己的形象，對追捕的警察和對手進行百般的戲弄和奚落。正因為如此，莫里斯・盧布朗的作品才會有較強的生命力，法國現代派作家薩特曾寫道：「我雖不明白亞森羅蘋的大力神赫克拉斯式超人力量，他那冷嘲熱諷的大無畏氣概以及他那純粹法國式的非凡智慧……但是我崇拜他身上那種轉瞬出妙計的色拉諾式風範。」從二十世紀初到八十年代，莫里斯・盧布朗的作品不斷被搬上舞台、銀幕和電視螢幕，他的小說原著一版再版，譯成各種文字流行於世界。

六、血腥謀殺的全景掃描
—— 阿嘉莎・克莉絲蒂偵探小說的範型

　　偵探小說王國的霸主，一向是由男性作家獨攬，直到二十世紀上半葉英國女作家阿嘉莎・克莉絲蒂的崛起，這一局面才被打破。

　　阿嘉莎・克莉絲蒂（1890-1976）以擅長寫偵探小說聞名於世。她一生共創作了八十多部長篇偵探小說，一百多篇短篇偵探故事，十七部偵探驚險戲劇，有「偵探小說女王」之稱。迄今為止，她的作品被譯成一○三種文字，發行三億多冊，居世界偵探小說作家之冠。美國著名雜誌《紐約人》指出，克莉絲蒂作品銷售量在書籍發行史上僅次於莎士比亞的作品和《聖經》。克莉絲蒂的作品不僅數量多，而且有一定的藝術價值和社會價值。她的偵探小說創作的特點是多角度、全方位、多層次，對血腥謀殺的犯罪行為作了全景掃描。

（一）包羅萬象的鳥瞰式創作

　　克莉絲蒂的偵探小說創作，視野宏闊，輻射面廣。多樣化的偵探人物，多樣化的血案場所，多樣化的作案方式，多樣化的犯罪原因，統統鑲嵌在她所精心設計的巨幅藝術畫面之中。

　　早在 1920 年，克莉絲蒂就在自己的處女作《斯泰爾斯莊園》中，塑造了比利時大偵探赫拉克里・白羅的形象，此後，白羅也就成了克莉絲蒂大部分作品中的主角，直到 1975 年發表的《幕》一書中死去。克莉絲蒂在小說中是這樣給白羅畫像的：外表特別的矮

個子男人，身高只有五呎四寸，舉止顯得非常莊重。腦袋模樣完全像只雞蛋，總愛微微側向一邊。他有著一抹翹起的鬍子，衣著整潔，像個軍人。克莉絲蒂筆下這個其貌不揚的小個子老頭，作為一個偵探，卻有著非凡的天才，他曾經成功地偵破過當時的一些最最棘手的案件。克莉絲蒂還安排了一位助手黑斯廷斯少校，白羅和黑斯廷斯在偵破工作中是理想的一對。在小說中，克莉絲蒂仍然遵循福爾摩斯式的模式——性格古怪的偵探，形影相隨的助手，蘇格蘭警廳的偵探和檢察官。只是多加了一位法國警方人員——檢察官吉拉爾。吉拉爾瞧不起白羅，認為他已經年老無用了。然而，白羅往往逢案必破，出奇制勝。

克莉絲蒂除塑造了白羅這個著名偵探形象外，在早期還出版過一本以奎因先生為主角的小說，塑造了一位職業警察的人物形象。1930 年，克莉絲蒂在《牧師家的謀殺案》中塑造了一個新角色馬普爾小姐。馬普爾小姐是個老處女，足智多謀，善於邏輯推理，是個愛管閒事的業餘偵探，她一邊坐在屋子裏結毛衣，一邊破案，在警方與民間享有很高的威信。據說，一些克莉絲蒂偵探小說的愛好者曾寫信給克莉絲蒂，建議讓老鰥夫白羅和老處女馬普爾小姐這兩個偵探在小說裏相遇，克莉絲蒂考慮到這兩個偵探性格格格不入，終究沒能滿足讀者的這一願望。克莉絲蒂在小說中塑造了職業警察、私人偵探、業餘偵探這三類偵探人物形象，塑造得最為成功的是白羅這個舉世聞名的偵探形象。

克莉絲蒂描繪了形形色色的謀殺案件，讓大偵探白羅在廣闊天地裏縱橫馳騁，大顯身手。例如，有與外界隔絕的荒島奇案《十個小印第安人》，有陰雲密布的鄉村別墅案《斯泰爾斯莊園奇案》，有陰森可怕的盜寶案《古墓奇案》，有空中案件《雲中奇案》，有河上案件《尼羅河慘案》，有火車上的案件《藍色特快上的祕密》，等等。

克莉絲蒂在小說中用過如此多的案發地點和背景，也用過不少破案線索，如指紋、腳印、煙蒂、香水、香粉等。在這些形形色色的謀殺案件中，謀殺的普遍動機，歸納起來有三個，首先是金錢（如《斯泰爾斯莊園奇案》），其次是恐懼（如《羅傑疑案》），再次是復仇（如《東方快車上的謀殺案》）。

包羅萬象的鳥瞰式創作，顯示了克莉絲蒂虛構和想像的藝術才能。她的這種才能是與她的生活經歷分不開的。她之所以最終走上了寫作的道路，與家庭的文學熏陶相關，家中豐富的藏書，將她引入文學這座迷人的宮殿，而選擇偵探小說創作方向更離不開她姐姐的啟迪。姐姐麥琪在克莉絲蒂少年時代就給她講述福爾摩斯偵探故事，姐姐曾對小克莉絲蒂抱怨說：偵探小說大多拙劣不堪，讀了開頭部分就會猜出故事的結尾，找出罪犯。這一抱怨，竟被小阿嘉莎看作是一種挑戰，深置於心底。她立志將來一定要寫出情節曲折、故事動人的偵探故事。第一次世界大戰期間，年輕的克莉絲蒂參加了紅十字志願隊，從事救護工作，從而使她得到了許多藥物知識，對她以後的偵探小說創作頗有助益。克莉絲蒂曾經雲遊四方，這不僅豐富了她個人的閱歷，也充實了她的創作素材。

克莉絲蒂走上偵探小說創作道路的時候，西方傳統的偵探小說已趨於「黃金時代」，克莉絲蒂趕上了這個「黃金時代」，並為此作出了卓有成效的貢獻。在克莉絲蒂手中，西方傳統的偵探小說變得周密、雅致、淵博、圓潤起來。

（二）範型：「鄉間別墅案」和「旅行途中案」

在為數不多的偵探小說作品中，克莉絲蒂鑄就了兩種範型：「鄉間別墅案」和「旅行途中案」。這兩種範型猶如兩條山脈橫亙於她

的偵探小說領地。綿密、精湛的藝術構思，令人歎為觀止。在偵探小說史上，很少有人比克莉絲蒂更能嫻熟地駕馭這兩種範型了。

1、「鄉間別墅案」的代表作：《羅傑疑案》

「鄉間別墅案」，故事往往發生空曠陰冷的別墅中。從外表看，這是個安謐恬靜的小天地。但實際上，人與人之間卻勾心鬥角，隱伏著種種犯罪的根苗；案件發生了，於是人人似乎都是罪犯，案情變得錯綜複雜，處處皆迷宮；後來，經過一名能幹、正直的偵探百般努力，運用反覆偵查，邏輯推理、心理分析的方法，破謎解惑，終於撥開迷霧疑雲，找出真正罪犯，證明其他人均屬清白無辜，而且往往以一對有情人終成眷屬而告終。這就是「鄉間別墅案」模式。

《羅傑疑案》是克莉絲蒂於 1926 年寫的成名作。克莉絲蒂對這部作品比較滿意，在晚年所寫的自傳中，她聲稱：「《羅傑‧艾克羅伊德疑案》無疑是我當時最成功的一部書。」作者在晚年還對早年的這部作品如此厚愛，說明這部作品在克莉絲蒂心目中佔有極高的位置。

作為「鄉間別墅案」代表作的《羅傑疑案》敘述了白羅偵破一起發生在費恩利莊園中的疑案的故事。羅傑‧艾克羅伊德夜晚被人謀殺在客廳內。莊園裏的親戚、祕書、來客、管家、女僕有殺人嫌疑，他們中的每一個人都有機會殺死羅傑先生。隱姓埋名居住在費恩利莊園附近種植瓜類菜蔬的白羅先生被羅傑的家人請了出來。老驥伏櫪的白羅再度出山，便大顯身手。從調查情況來看，拉爾夫‧佩頓嫌疑最大，此人是羅傑之妻與前夫所生之子，對繼父羅傑抱有怨言，況且他在偷偷地戀愛，缺錢花，最重要的「證據」，是在謀殺現場的窗台上發現了他的鞋印，這個小夥子在案發後不知去向。對此，與羅傑先生來往密切的謝潑德醫生陰鬱地說：「問題愈來愈

對拉爾夫不利」。大偵探白羅頷首贊同說:「對,是這樣,可是有人盼望這樣,對不對?」若有所指的話語,使謝潑德醫生惶惑不解。白羅對這案子的每一個縫隙都探索了一遍,看看在無人問津的陰暗角落裏能挖出什麼。白羅最後用鐵的事實偵破疑案,出人意料地直指真正的兇手謝潑德醫生。原來,那天晚上早些辰光,謝潑德醫生唯恐敲詐之事暴露,乘人不備,用匕首刺死了羅傑先生。狡猾的謝潑德醫生利用房間裏的答錄機定時裝置,造成在他離開後一段時間羅傑仍同他人談話、還活著這一假象(其實是答錄機播放的聲音)。躲在陰暗角落裏的謝潑德醫生,被白羅揪了出來。謝潑德醫生畏罪自殺,潑在拉爾夫·佩頓身上的污水被清除。

《羅傑疑案》的獨到之處就在於它讓謝潑德醫生以第一人稱講述故事,而最終他被證明是謀殺者。這種設計故事情節的手法,是史無前例的。偵探小說的故事核心是揭出「兇手是誰?」這個問題。歷史上,偵探小說作家們慣用撲朔迷離的佈局、充滿疑問的人物,創造許多假象,最終提供一個使讀者拍案叫絕的結局——揪出真正的罪犯。罪犯的角色無外乎四類人物。即:外來物型、關聯者型、偵探本人型、偵探助手型。

這裏的外來物型,是指自然現象或動物,它們是案件的「肇事者」或「罪犯」。關聯者型,是指與案件有千絲萬縷聯繫的有關人物或團夥,他們是蓄謀已久,行兇作惡的罪犯,一般來說,以這類罪犯出現於偵探小說作品中為最多。偵探本人型,是指參與破案活動的偵探本是一個隱藏很深、較難為人們識別的罪犯。這類罪犯技高膽大,危險性最大。偵探助手型,是指參與破案活動的次要人物,實際上是個工於心計、善於偽裝、作惡多端的罪犯。

西方偵探小說史上,愛倫坡的《毛格街血案》中的罪犯是屬外來物這種類型,「罪犯」原是一隻猩猩。在柯南道爾等輩絕大多數

偵探小說作品中的罪犯是關聯者這種類型。二十世紀初法國偵探小說家嘉斯東・萊魯的《黃屋之謎》中的罪犯是參與破案的拉魯桑偵探本人，拉魯桑原是一個極端兇惡的大騙子，隱姓埋名充當偵探，後被聰穎敏銳的報社青年記者魯雷達比所識破。

克莉絲蒂在《羅傑疑案》中刻畫的罪犯屬於偵探助手型。羅傑謀殺案發生後，謝潑德醫生很賣力地參與「破案」。克莉絲蒂別出心裁，精心設計了一個偵探助手式的人物謝潑德醫生，他既是案件的知情人，又是故事的講述人，更是一個陰險狡猾的罪犯。

克莉絲蒂這種結構手法難度較大，猶如雜技演員走鋼絲，稍有不慎便會跌落。然而，克莉絲蒂的筆觸應付裕如。克莉絲蒂從開場到結尾都安排了伏線，凡涉及到罪犯謝潑德醫生要害的地方，作者稍有暗示，然後一筆帶過。作者讓謝潑德醫生以第一人稱講述故事，如實地記下部分事實，含而不露，引而不發，作者在小說結尾才讓白羅偵探用推理的方法揪出謝潑德醫生這個善於偽裝的罪犯。應該說，克莉絲蒂這種寫作手法是很巧妙和高明的。這種寫作手法後來為美國偵探小說家艾勒里・昆恩在《希臘棺材之謎》中以及其他作家在他們的作品中所仿效。

2、「旅行途中案」的代表作──《藍色特快上的祕密》

「旅行途中案」是指故事發生在一個人數有限的交通工具的空間內，形形色色的人物組成一個暫時安穩的小世界，而就在這短暫的寧靜氛圍中，突發一件令人震驚的凶殺案，某個旅客倒斃在座位上。旅客們騷動起來，服務員措手不及，所有的人都有殺人嫌疑。大偵探白羅往往出現在這種場合，擔當大任。他總是一絲不苟，反覆調查，推理舉證，最終偵破凶殺案。這是克莉絲蒂擅長的思路和範型。

在這裏，筆者以克莉絲蒂的《藍色特快上的祕密》這部偵探小說為例，來透視一下「旅行途中案」的要旨。

《藍色特快上的祕密》這部偵探小說並不受寵於克莉絲蒂。克莉絲蒂在晚年的自傳中說：「每當重讀此書，我就感到它內容平庸，描寫陳腐，情節淡而無味。」然而，西方廣大的讀者和克莉絲蒂的意見相左，他們認為這部小說在藝術上有可取之處，比較愛看它。為什麼作者和讀者的意見會大相徑庭呢？筆者以為是「形象大於思想」的緣故。也就是說，讀者能從作家塑造出來的藝術形象中發掘出更深刻的蘊含，而這種蘊含超出作家本人的主觀意圖。筆者在這裏以《藍色特快上的祕密》作為克莉絲蒂「旅行途中案」的代表作，是基於這樣兩個考慮：一是它在藝術上確有可取之處；二是克莉絲蒂的《尼羅河上的慘案》和《東方列車上的謀殺案》等作品已拍成電影，為公眾所熟悉。於是，筆者擇取《藍色特快上的祕密》予以分析。

（1）起伏之美

克莉絲蒂的《藍色特快上的祕密》這部小說，節奏多變，時起時落，給讀者以一種搖蕩型的美感。

《藍色特快上的祕密》的情節機制是由緊張驚險的懸念啟動的。一個白髮男人戴著黑面紗幽靈般地出沒於深夜的街頭，百萬富翁阿爾丁在購得珠寶返家途中遭劫，經自衛還擊，方才得以脫身，故事懸念陡然升起，接著緩緩降落，轉到愉快輕鬆的場景。百萬富翁阿爾丁送一串「火心寶石」項鏈給寶貝女兒露絲，露絲興高采烈，阿爾丁沉浸在溫馨的天倫之樂中。在這個時候，女兒露絲向爸爸提到自己不稱心的婚姻，父女倆情緒由歡樂轉向沮喪。露絲提出要去國外旅行散心，阿爾丁明知女兒戴著「火心寶石」項鏈出門很不安

71

全，凶多吉少，但執拗不過女兒的任性，同意了女兒的要求，把她送上了藍色特快列車。懸念再次呈現：露絲在旅行途中會發生什麼遭遇呢？果然，露絲發生了不幸，在藍色特快上被人謀殺，被搶去「火心寶石」項鏈，偵破兇手的重擔又落在大偵探白羅肩上。這部小說在一種懸念起伏的氛圍下步步推出凶殺案的前景。案發後，白羅分頭去調查有關人物。白羅推理判斷的過程也充滿起伏。他先是測定兇手一定是列車上的某位「旅客」，但他無法解釋兇手的行蹤。在調查過程中，雷諾斯小姐提出兇手不一定是火車上的乘客，白羅聽後，茅塞頓開。他仔細琢磨，排除對其他人，尤其是對露絲丈夫德里克的懷疑，揭出隱蔽很深的兇手──阿爾丁的私人祕書奈頓。這個嗜血成性的兇手，原來就是神祕的白髮男人和戴著黑色面紗的侯爵先生。蓄謀已久的奈頓先生利用出差的時機，中途潛入藍色特快，謀殺了露絲，搶走了「火心寶石」項鏈。白羅用理性的利劍擊碎了兇手的美夢。

克莉絲蒂構擬起伏多變的懸念情節，是「按老規矩辦事」，遵循傳統偵探小說的規則，考驗讀者的智慧，並以此為最大的樂事。因而克莉絲蒂的《藍色特快上的祕密》和其他作品，都有這樣一個特徵，即：在破案前作者毫無保留地把各種線索擺在讀者面前，讓讀者同偵探一起運用推理解決這個疑案。作者運籌帷幄，以至於當最後揭出真正的兇手時讓讀者大吃一驚，可又使讀者確信兇手不是別人，正是作者揪出來示眾的「這一個」。

（2）哲理之光

克莉絲蒂在《藍色特快上的祕密》這部小說中借大偵探白羅之口，說出了一系列富有哲理性的警句。

　　第一次，在藍色特快上，白羅看到與露絲同座的卡泰麗娜小姐正在看一本偵探小說，白羅問這種書為什麼發行量非常大。卡泰麗娜回答：「可能是因為這種書製造了一種幻想並把這種幻想反映到生活中去，而在生活中有可能出現類似這種幻想的東西。」白羅教導涉世未深的卡泰麗娜，說：「誰能料到呢，也許突然有一天您被捲進了一個案子中去」，因為「生活中許多事情的發生都帶有偶然性。」卡泰麗娜對白羅的言論不以為然，堅信自己永遠不會經歷這種事件。白羅面向她，鞠了一躬，說道：「可是我總覺得您彷彿要成為一起駭人聽聞的案件的中心人物。也有可能，您所經歷的要比您所喜歡的更多。」白羅這番話，尤其是最後一句話，寓意遙深，敏銳的白羅已嗅到謀殺案即將爆發的氣息。事實上，白羅對卡泰麗娜的預言式的提醒，在小說的案件中得到應驗。

　　第二次，白羅在蒙特卡洛的一個公園裏問卡泰麗娜是否喜歡德里克先生。卡泰麗娜回答說有好感。白羅慢慢地點點頭說道：「也許您是對的，我是飽經滄桑的老頭，我總結了一條經驗：一個好男兒可能被一個女人的愛情而毀掉。反過來也是這樣。一個男人也可能被一個好女子的愛情拯救出來。」接著，白羅又說：「您可以愛上一個小偷，但決不要愛上一個殺人犯！」白羅這番審時度勢、若有所指的提示，對卡泰麗娜後來識破兇手奈頓的偽裝，確立人生方向起了重要作用。

　　小說末尾，白羅與雷諾斯小姐的對話也意味深長。藍色特快上的祕密被白羅偵破後，遠方傳來了火車的汽笛聲，聲音悠揚。雷諾斯小姐情不自禁地感歎道：「火車總是使人恐懼，它是一種妖裏妖氣的陰森可怕的東西，您說是嗎，白羅？有人在火車裏被暗殺了，而火車照樣奔馳，按照時刻表在繼續奔馳……，天啊，我又在說胡話了。」白羅情真意切地說：「我理解您指的是什麼，年輕的小姐。生活就是一列火車。它在繼續前進，而繼續前進總是好的。您還年

輕，並且具備年輕人最優越的條件，有機會漫遊人生的道路，而且，哪裏中您的意，您就可以在哪裏下車。」白羅這番借題發揮的話語，頗有哲理性。西方哲學大師黑格爾在《小邏輯》中說過：同樣一句格言，在一位老人口中說出來與在一位青年人口中說出來，其意義是不一樣的。白羅把生活比作奔馳的列車，灌注著他飽經風霜的人生體味，所以這番話從他口中說出來，顯得深刻和雋永。

《藍色特快上的祕密》中的哲理性的對話雖然不多，卻耐人尋味。偵探小說中適當穿插這類哲理性很強的話語，既烘托出主人公的思想品質，又給讀者以思想的啟迪。

（三）獨具匠心的「故事新編」

所謂「故事新編」，是指克莉絲蒂仿效古希臘赫拉克里的業績而寫成的《大偵探十二奇案》。此書問世於 1947 年。

克莉絲蒂創造的偵探形象赫拉克里・白羅（Hercule poirot），與希臘神話中的半人半神的偉大英雄赫拉克里（Hercules）同名。神話中的赫拉克里英勇、剛強，是古代人民心目中偉大、勇敢和力量的體現。他為民除害，披荊斬棘，屢建奇功（例如，除猛獅、斬巨蛇）的故事，一直流傳至今，大都已成了西方文學語言寶庫中常被引用的典故和成語。在《大偵探十二奇案》這部書中，克莉絲蒂別開生面地把現代的偵探赫拉克里・白羅比作古代神話中的英雄，敘述他以過人的機智、細心的調查研究和特有的推理方法，逐一偵破了十二個錯綜複雜的案件，完成了赫拉克里式的業績，最後功成身退。書中的十二個案件分別以赫拉克里的十二大功績的典故為題，內容上又與神話故事相呼應，使熟悉希臘神話故事的讀者格外感到作者構思之巧妙，匠心之獨具。

　　這裏筆者以第四篇〈厄律曼托斯的野豬〉為例，說明克莉絲蒂「故事新編」的創作風貌。

　　「厄律曼托斯的野豬」的故事情節是這樣的：赫拉克里受密刻奈國王歐律斯透斯的派遣，去捕捉肆虐在厄律曼托斯山一帶的野豬。他大聲吼叫著，將野豬從茂密的叢林中逐出，跟隨它爬上冰雪山坡，終於將它活捉，帶到了密刻奈。

　　克莉絲蒂以古喻今，進行脫胎換骨的藝術加工，描寫赫拉克里‧白羅在瑞士的阿爾德馬雪谷擒獲殺人犯馬拉斯考這頭「野豬」的故事。

　　白羅來到瑞士，他決定趁此機會遊覽阿爾德馬地區風光。阿爾德馬地處峽谷一隅，峽谷四周是巍峨陡峭、白雪皚皚的群峰，有纜車到達其頂峰雪華岩。白羅在乘纜車去雪華岩觀光的途中，突然接到售票員悄悄塞給他的一個小紙團，展開一看，是瑞士警察廳長萊蒙特爾寫的親筆信，信中請求白羅捉拿一頭「野豬」——當今世界上最兇惡的殺人犯之一的馬拉斯考。信中告訴白羅說，據可靠消息，殺人犯馬拉斯考已與他的手下的同黨約定在雪華岩會面，警察廳長萊蒙特爾囑咐白羅提高警覺，到雪華岩後即與巡官杜羅埃取得聯繫。白羅看完信後，歎了口氣。他本想愉快地過一個假期，不料現在要追捕一個殘忍兇狠的殺人犯，一切計劃就告吹了。坐在安樂椅上用大腦思考是他的拿手戲，而在山坡上設陷阱捕捉野豬則非是他的所長。

　　白羅到了雪華岩的旅館後，發現很冷清，旅館老闆流露出某種不安的神情。偏偏在此時纜車壞了，需要好幾天才能修復，雪華岩與山下隔絕了一切聯繫。白羅與在山上當招待員的杜羅埃巡官接上頭，可是晚上險象環生，旅客中的三個彪形大漢罵罵咧咧地闖進白羅的房間，幸虧一位名叫舒爾茲的旅客搭救，白羅才免遭不測。與

白羅聯繫的杜羅埃巡官，據說也被這三個彪形大漢打傷，正在接受旅客中的盧茲博士的治療。更奇怪的是，白羅發現旅館一側無人居住的房間裏躺著一具男子的屍體，死者的胸前有著一張紙，紙上歪歪扭扭地用墨水寫著幾個字：「馬拉斯考已一命歸天，他再也不能行凶殺人了，他再也不能搶佔他朋友的錢財了。」白羅疑竇頓起：這難道是馬拉斯考嗎？他是被誰殺死的呢？白羅不露聲色，苦苦思索。三天以後，纜車修復，山下旅客上山。白羅歡迎警察廳長萊蒙特爾先生，白羅把萊蒙特爾領到那個紮著繃帶的杜羅埃的房間，大聲宣佈：「先生們，這就是你們要捕捉的野豬。捉活的，切莫再讓他從斷頭台逃脫。」原來，此人是假巡官杜羅埃，馬拉斯考已殺死了真巡官杜羅埃，他自己冒充杜羅埃作招待員，策劃了襲擊白羅，假裝受傷等活動，目的是掩護自己讓盧茲博士治療。馬拉斯考來雪華岩，主要是高額聘請盧茲博士整容，改變相貌，以繼續逍遙法外。白羅揭穿了一切假象，完成了這個「活捉厄律曼托斯的野豬」的使命。

克莉絲蒂的這篇小說短小精悍，扣人心弦。具有這樣三個藝術特徵：一是把白羅這個擅長坐在安樂椅上推理破案的偵探置於刀光劍影的複雜情勢中，以揭示白羅大義凜然、化險為夷的英雄氣概。二是成功地刻畫了與白羅相抗衡的反面人物馬拉斯考。這個罪大惡極的殺人犯詭計多端，心狠手辣，垂死掙扎，負隅頑抗。然而，野豬再狡猾，也鬥不過好獵手。馬拉斯考最終被白羅擒獲。三是作者把白羅擒獲殺人犯馬拉斯考比擬成赫拉克里活捉厄律曼托斯的野豬，比喻貼切，富有新意。克莉絲蒂這種「古為今用」的寫法，開拓了偵探小說創作的新思路。

阿嘉莎‧克莉絲蒂的偵探小說，顯示了高超的水準，但有時也不免為金錢驅使進行創作。但總的來說，她的創作態度是比較嚴肅

的，沒有在暴力和色情方面作低級、無聊的渲染，而是在一定程度上暴露了現代異化社會中的弊病：金錢的罪惡，社會的不平，人與人之間的虛偽和殘酷。克莉絲蒂的作品與眾不同的地方，還在於不僅重視離奇情節的鋪陳，也注意人物性格的刻畫。由於她在半個世紀的創作生涯中獲得了驚人的成就，她在生前和死後都受到世界各國廣大讀者的好評和尊崇。她曾被英國授予「榮譽文學博士」的光榮稱號，獲得過英國的最高勳章和許許多多的獎章。1971 年還受封為英國女勳爵。1976 年，克莉絲蒂以八十五歲高齡在英國沃林福特逝世。

（四）發生在克莉絲蒂身上的失蹤之謎

阿嘉莎・克莉絲蒂是最著名的偵探小說家，50 年來她創造的白羅和瑪普爾小姐的故事傾倒了數以百萬計的讀者，她的複雜精妙的構思連那些最精明的讀者也無法猜透。可是到她 1976 年一月去世以後，她也留下了一個她本人的神祕事件，就像她所構思的小說一樣讓人費解。

在 1926 年 12 月，已經成為著名的偵探小說家的克莉絲蒂神祕失蹤了近兩個星期。一時間報紙的頭版充斥著各種傳聞：自殺、綁架、謀殺……，員警根據一些線索努力想找出她失蹤的原因，可惜都是徒勞無功。

讓我們把視線拉回到 1926 年的 12 月 3 日星期五晚。阿嘉莎・克莉絲蒂離開她英格蘭伯克郡的家之後，就不見了。3 日這天她是在倫敦郊外以她第一部小說的名字「斯泰爾斯莊園」命名的宅邸過的。早餐時，她曾跟丈夫發生過爭吵，原因大概是為他要去薩里郡戈達明約會情人南茜，並和她一起度週末。丈夫離開後幾個小時，

晚上 9 點 45 分左右，她寫了一張便條給祕書，說她要去約克郡，取消一切她原有的約定。此前，她曾上樓吻了睡夢中的女兒。隨後，她就駕了一部黑色汽車離開。此後就消失了，再也沒人見到過她。

　　更讓人擔心的是，到了第二天早上仍不見她回來。後來，她的車在離斯泰爾斯數英里一條公路的溝渠旁被發現，她丈夫要去和情人度週末的那家旅館就在附近。遺棄的車輛上面蓋了一層厚霜，車燈還亮著。車內有一本過期的駕駛證，一張裘皮大衣和一隻小手提箱，裡面放了兩件衣服。

　　第二天，各報對女作家的失蹤作了報導之後，立即引起轟動。由於反響強烈，當時的內政大臣威廉・希克斯命令警方儘快破案。連另外兩位著名偵探小說家柯南道爾和桃樂西・塞耶斯也加入到尋找女作家失蹤的行列。柯南道爾想從阿嘉莎遺棄了的一隻手套入手進行研究，塞耶斯則去考察她失蹤的現場，後來就此寫出了犯罪小說《非常死亡》。

　　對於克莉絲蒂失蹤的原因，有多種猜測。一種看法認為她由於母親的死亡和丈夫的不忠，心理嚴重受壓抑，最後精神崩潰，或者完全喪失意識，或者已經自殺身亡。

　　但是，女作家出走前寫的幾封信又容易讓人把猜測引向另一端。雖然她給妹夫的信只是說她是要去約克郡度假，但她給當地一位警官的信卻說她為她的安全而擔憂。於是，人們認為她可能已經被殺，甚至懷疑她丈夫殺了她。另外，儘管有的人相信她是真的患了「記憶缺失症」，才身不由己不知跑到哪裏去了。但大部分人對她的反應是負面的觀感，認為這是一樁精心設計的炒作，有的作家著文解釋，說炒作的目的是要讓人相信事情真的發生了，為的是報復她丈夫的通姦行為，使他在公眾面前陷入尷尬境地。也有人批評警方，說因為她，耗費了多少納稅人的錢。在離她丟棄汽車的四分

之一英里處有一口寂靜的池塘，克莉絲蒂曾經在她的一本書中寫到過，書中的一個人物就掉進這個池塘中。人們懷疑作家也可能在這裡跳水自殺。警方立即打撈，但是毫無結果。於是轉而發動一萬五千名志願者去郊外和周邊地區搜尋。警方在報上刊登了阿嘉莎的照片，許諾以前所未有的金額來獎勵找到她的人，並在英國歷史上第一次派出一架小型飛機，在郊外低空飛行，查核志願者的搜尋進程。

正當事情越鬧越大時，一個三十幾歲有著一頭漂亮的紅髮的女人在兩百五十英里外的約克郡的 Harrowgate 的一個飯店裡出現。她聲稱她的名字是 Teresa Neele（和克莉絲蒂上校的新情人同姓），來自南非。可是飯店的領班由於一直關注著克莉絲蒂的失蹤事件，發現這位和善的女客人長得很像失蹤的女作家，有幾位住在飯店裡的客人認出她後，她還笑言，否認自己就是報上所說的那個一直沒有找到的名作家。於是就通知了員警。

在克莉絲蒂失蹤了十一天以後，那位自稱是 Neele 的女士打完了桌球去餐廳進餐。當她走進餐廳，一直用報紙擋著臉的克莉絲蒂上校放下報紙走到她面前⋯⋯

即使克莉絲蒂上校宣稱他的妻子失去了記憶並在接受治療，也不能讓公眾信服，新聞界馬上懷疑這是場精心策劃的公開表演。報紙公開大聲疾呼，要求補償用於搜索她而花掉的三千英鎊的納稅人的錢。但是漸漸地對她的厭惡慢慢消失了，克莉絲蒂夫人又重新贏得了她的知名度。兩年以後，她和克莉絲蒂上校離了婚，而他獲得自由而可以娶 Neele 小姐。

1930 年阿嘉莎和考古學家馬克斯・馬婁文爵士結婚，跟隨著他四處遊歷，從而寫了不少帶有異國情調的小說。隨著時間的推移，關於她的失蹤事件已經漸漸被人們淡忘了。即使在她的自傳裡，這一事件也是一筆帶過，她僅僅暗示是由於一時的精神失常。

可是這是不是多年前發生的事件的真正原因呢？如果真的是喪失記憶，那麼她在飯店裡穿的衣服和花的錢又是哪裏來的呢？她在那個 12 月的寒冷夜晚是不是想自殺，但是由於命運之手使她的車沒有墜入深淵，於是她決定休息一下並好好考慮一下事情。如果是這樣，那麼她又為什麼不讓員警知道事實呢？

是不是整個事件是她為了博取丈夫的同情、讓他回頭因而精心設計的呢？是不是這是一個讓她丈夫的婚外情公諸於眾的手段呢？或者可能是所有的安排都是為了報復她丈夫。假如自殺成功的話，員警一定會調查從而發現克莉絲蒂上校的婚外情，為了和新歡結婚而除掉妻子，就像她的很多作品中一樣。

大部分可以提供事件真相的人都死了，Neele 小姐死於 1958 年，克莉絲蒂上校死於 1962 年。

阿嘉莎的第二個丈夫馬克斯爵士，一次承認她以 Mary Westmacott 的筆名寫於 1934 年的一本浪漫小說《未完成的肖像》，其實是她的自傳。在書中，女主人公當丈夫告訴她另有新歡時企圖自殺，但是失敗了。

在她的有生之年，阿嘉莎‧克莉絲蒂寫了超過八十本小說，作品被翻譯成各種文字（甚至超過莎士比亞），銷售超過三億冊。但是儘管如此，她仍然保持著自己的隱私，是高深莫測的人。直到她去世，也沒有透露她最大的謎題的答案——她自己的失蹤之謎！

七、銳意偵破斯芬克司之謎
──艾勒里・昆恩《希臘棺材之謎》探微

　　古希臘神話中有一個帶翼獅身的女怪斯芬克司，傳說她常叫過路行人猜謎，猜不出即將行人殺害，後因謎底被俄狄浦斯道破，她就跳岩自殺了。後來，斯芬克司成了「難解之謎」的代稱。

　　在漫長的歷史進程中，大千世界不知有多少「難解之謎」等待人們去探索和偵破。舊「謎」破解了，新「謎」又出現了，於是人們堅持不懈，破「謎」前進。

　　偵探小說這個文學品種同「謎」結下不解之緣，難解之「謎」橫亙其間，偵探小說在某種意義上可以說是「謎語小說」。

　　二十世紀三十年代，有兩位美國偵探小說作者以艾勒里・昆恩的筆名，發表了一系列「謎語小說」。例如，《法國香粉之謎》（1930年）、《荷蘭鞋之謎》（1931年）、《希臘棺材之謎》（1932年）、《埃及十字架之謎》（1933）、《中國橘子之謎》（1934）、《西班牙海角之謎》（1935）等。作者大有偵破世界各國的「斯芬克司之謎」之勢。更有趣的是，作者同筆下的主人公同名，他們在偵探小說中成功地塑造了一個艾勒里・昆恩的偵探形象。在西方偵探小說界，為廣大讀者所熟悉的作者艾勒里・昆恩，實際上是弗里德利克・達奈（1905-1982）和曼弗雷德・李（1905-1971）表兄弟倆合作的筆名。他們都出生於紐約市，1929年，他們以艾勒里・昆恩的筆名寫了一部偵探小說《羅馬帽子之謎》，首創了一位警長的兒子艾勒里・昆恩的偵探形象，從此一發而不可收拾，每年都有一、二部甚至三部新作問世，一直到五十年代末期為止。粗略統計一下，長篇、短

篇共有五十多部。1961 年，這兩位作者以「艾勒里‧昆恩」這一筆名共同獲得美國偵探小說協會頒發的最高獎——愛倫坡獎。這個殊榮是對這兩位作家辛勤耕耘的極好的獎賞。

《希臘棺材之謎》是艾勒里‧昆恩最著名的偵探小說之一。在懸念技巧和人物塑造兩個方面都富有特色。因此，探討《希臘棺材之謎》的寫作手法，可以起「窺一斑而知全豹」之效。

（一）完整的懸念系統

《希臘棺材之謎》的作者提供了一種多層象牙球式的懸念，小說中包含的懸念一個套一個，宛如玲瓏剔透的多層象牙球，大球（大懸念）之內有中球（中懸念），中球之內有小球（小懸念），小球之內又有小小球（小小懸念），環環相套，連綿不斷，蔚為奇觀。

《希臘棺材之謎》故事的核心在於被害人在發現的時候，是埋在一個正常原因而死亡的人的棺材裏。兇手是誰？這是大懸念。作者在引導讀者解開大懸念的過程中，沿線設置了許多中懸念、小懸念和小小懸念。故事一開始，雙目失明的古董商喬治‧卡吉士因心臟衰竭去世，悄悄地被家人安葬在附近的教堂墓地。葬禮完畢後，人們發現放在家裏保險櫃中的遺囑不翼而飛了。如果找不到遺囑，就無從確定收藏品總庫的繼承人是誰，那麼，就只能把卡吉士作為未立遺囑而死亡來處理。這樣一來，就會弄得亂七八糟，一塌糊塗。卡吉士的法律事務代理人伍卓夫打電話報告警察局，警察局派來了副檢察長佩珀和幾個探員。誰盜竊或銷毀了遺囑？此案令人一籌莫展。聰明伶俐的艾勒里‧昆恩偵探推定遺囑很可能放在卡吉士那口希臘棺材裏了。於是警察局的眾人挖墓掘棺。令人吃驚的是，在卡吉士的屍體上，竟覆蓋著另一具屍體。這屍體是誰？為何被謀殺？

這一切都構成懸念。經查，死者是格林肖，此人因犯有偽造貨幣罪被捕入獄，不久前才刑滿釋放。在指認屍體時，警察局發現不久前卡吉士和格林肖曾有過暗中約會。卡吉士的私人祕書瓊‧布萊特小姐證實了這點。他們之間究竟有什麼糾葛，也形成懸念。卡吉士死前曾有一個神祕的蒙面人來找過他，這人是誰？同樣充滿懸念。一封匿名信寄來，揭發卡吉士收藏品總庫的經理史洛安與格林肖是兄弟。史洛安在警察局的追問下，吞吞吐吐承認有其事，但不久，史洛安在收藏品總庫內開槍自殺。在大量的事實面前，辦案人員把史洛安定為盜竊且銷毀遺囑、殺害格林肖的兇手。艾勒里‧昆恩覺得此案有漏洞，設法找出新的證據，證明史洛安不是自殺而是被謀殺。情況瞬息萬變，無法把握，懸念滾滾而來，每一步都令人提心吊膽。而所有這一切都同博物館一幅名畫的失竊有關，這幅畫是價值連城的達芬奇繪畫真跡《奪旗爭戰圖》。《希臘棺材之謎》實質是達芬奇繪畫真跡角逐之謎。有跡象表明百萬富翁兼收藏家諾克斯曾從好友卡吉士手中購得此畫。警察局派人索取，諾克斯拒絕交出贓畫，艾勒里‧昆恩巧計搜出此畫。但是，諾克斯聲稱此畫有真本與摹本兩份，真本卻在不經意中失竊了。於是，警察逮捕了諾克斯。艾勒里‧昆恩排除了諾克斯的嫌疑，於深夜帶著幾個探員，搜索卡吉士家隔壁的諾克斯空屋的地下室，撞門而入，擊斃盜竊油畫真跡、負隅頑抗的蒙面漢。這個蒙面漢，不是別人，正是佩珀副檢察長。真相大白，整個事件全是這條獨狼所為。此人是十足的敲詐犯、盜竊犯、殺人犯。就這樣，作者引導讀者在多層象牙球模式的懸念中穿行，繞過曲折迂迴的迷宮小徑，最後才將希臘棺材之謎底解開。

　　作者在小說中運用懸念，將大懸念分解成若干層次，每個層次既是獨立的中懸念，又和大懸念有聯繫，構築成一個完整的懸念系統。

《希臘棺材之謎》自始至終籠罩在神祕的迷霧裏，緊張恐怖的氣氛加強了懸念效果。艾勒里‧昆恩的寫作技巧基本上遵循了傳統偵探小說的圭臬。1928 年，英國成立了一個「偵探小說作家俱樂部」，訂立了作家必須遵循的一些規律。例如，小說家不能向讀者隱瞞線索，不能靠「神意」、「幻覺」、「偶然事件」破案等等，來規範和完善傳統偵探小說的創作機制，其目的是為了使作者與讀者之間進行的「遊戲」更「公平合理」一些。這個創作法則為歐美大多數偵探小說家所奉行，一些作家把偵探作品當作比賽智慧的場地，當作讀者消閒解悶、遊歷迷宮的遊戲。《希臘棺材之謎》的懸念系統，出色地體現了這個創作法則。

艾勒里‧昆恩的偵探小說在故事開始，往往有意製造一種驚悚的神祕氣氛，一波未平一波又起。《希臘棺材之謎》小說開頭描寫格林肖慘遭殺害，屍體留在墓棺。小說中間描寫史洛安被槍殺，腦袋垂在桌上，這些情節，都使故事充滿恐怖緊張。但是，作者在處理凶殺案時十分小心，小說中的第二件凶殺案只是第一件的直接後果，作者沒有渲染兇犯的暴力屠殺場面，只是把兇犯製造的事端出示給讀者，引起讀者的警覺，讓讀者看到罪犯貪婪殘酷的本性決定了他們必然鋌而走險，搞點鬼花樣。這樣當作者寫到兇手被絞死，讀者才如釋重負。艾勒里‧昆恩在這方面的掌握，分寸得當，造成了有力的懸念，達到了引人入勝的效果。

（二）鮮明的人物形象

在偵探小說的藝術中，懸念一方面要貫穿其中，另一方面又要以此來渲染氣氛，塑造人物形象。離開人物形象去追求懸念效果，就會喧賓奪主。《希臘棺材之謎》在解開多層象牙球模式的懸念過

程中，善於把懸念的運用和人物形象的塑造結合在一起，使懸念成為塑造人物的手段。

《希臘棺材之謎》中的主人公艾勒里・昆恩是這樣一個年輕的偵探形象：他是理查德・昆恩偵探長的兒子，由於這層關係，使艾勒里能參與紐約市警察局的一些偵破活動。此時的艾勒里尚未雕琢成器，還是個警校三、四年級的學生，但他擅長引經據典地依靠邏輯推理來解決實際刑事犯罪問題。他才智過人，戴著那副金絲邊眼鏡，經常在警察局聯席會議上發表高見。他滿面笑意，惹人喜愛，一對清澈明亮的眼睛閃現出智慧。除此以外，他與一般剛出校門的年輕小夥子沒有什麼不同：高高的身材，不修邊幅，肩膀寬闊，擅長體育運動。艾勒里・昆恩就是這樣一個活潑可愛的年輕偵探。

這個年輕的偵探，有一顆充滿剛毅、大膽和渴望建立豐功偉績的鷹隼之心。正是這個毛頭小夥子在警察局徹底搜查卡吉士遺囑一無所獲的時刻，提出了這樣一個值得深思的問題：在這次葬禮中，唯獨哪一件東西是離開了這所房子而又不再回來，並且自從發現遺囑失蹤之後從來也沒有被搜查過一次呢？眾人茫然不解。艾勒里哀歎道：「嗨，你們這些鮮龍活跳的萬物之靈呀，真所謂『有眼不看，比瞎子更糟』……。」他又柔聲細氣地說：「尊敬的老長輩啊，確是沒有忽略什麼，除了那口棺材以及棺材裏卡吉士的屍體。」經艾勒里的這一點撥，眾人才開竅。不得不佩服艾勒里的高見。艾勒里初出茅廬就出手不凡。作者在小說開頭就把艾勒里這個「智多星」亮了出來。

接著，作者把艾勒里推向一個複雜的具體情境。警察局遵循艾勒里的意見，掘墓開棺，卻意外地發現希臘棺材裏有第二具屍體，在場者無不大驚失色、呆若木雞。艾勒里當然也感到吃驚，他仰起頭，若有所思。「誰之罪？」這一問題嵌入他的大腦。初出茅廬的

85

艾勒里沉浸在希臘棺材之謎的探索之中。這是一條艱難的路，在這條路上，荊棘叢生，難關重重。有著七纏八繞的難題，有著崎嶇曲折的迷宮。但是艾勒里・昆恩滿懷信心地穿行過去。作者詳細描寫了艾勒里的所作所為，著重描寫艾勒里在偵破希臘棺材之謎的過程中所下的四個結論，書中四個結論構成四個情節，人物性格在四個情節中顯露光彩。

1、「卡吉士結論」

掘墓開棺後發現第二具屍體，艾勒里針對卡吉士死前同格林肖有過祕密約會這一事實，找到兩個主要的「線索」：其一是卡吉士心臟衰竭而死的當天早晨所繫的領帶；其二是卡吉士書房裏的濾壺和茶杯。艾勒里根據卡吉士死前的這兩個異常之處，推論卡吉士是兇手。然而，艾勒里所作的「精闢的分析」很快被瓊・布萊特和諾克斯兩人提供的新證據所否定。對此，少年老成的艾勒里悶悶不樂，小說中寫道：

> 理查德・昆恩用揶揄的目光端詳著悶聲不響的兒子。「哎，艾勒里，別這副樣子，還沒到山窮水盡的地步呢。你那套卡吉士是兇手的說法吹掉了，又算得了什麼呢？丟到腦後去吧。」
>
> 艾勒里慢吞吞抬起頭。「丟到腦後嗎？丟不了哇，爸爸。」他攢起了拳頭，十分茫然。「如果說這件事給了我什麼教訓的話，首先一條教訓就是——從此以後，你一旦發現我違背了這個誓言，就馬上槍斃了我：今後我對於自己可能參與的任何案子，在沒有把整個情況摸清之前，就決不輕易下結論。」

　　偵探長對他很關切,「來吧。孩子——」。

　　「我想想自己多蠢呀——我是個忘乎所以、自作聰明、十足道地的大傻瓜……」。

　　「我認為你那個結論,儘管是錯的,卻言之成理啊。」偵探長為他辯護。

　　艾勒里沒有回答。他一面揩拭夾鼻眼鏡的鏡片,一面越過父親的頭頂,呆望著牆壁。

這段描寫展示了艾勒里痛苦自責的心情。「卡吉士結論」的失利,使艾勒里對案件的複雜性和尖銳性有比較清醒的認識。事實的教訓將使艾勒里不斷走向成熟。

2、「史洛安結論」

案件有了「眉目」,警察局根據史洛安隱瞞與格林肖的兄弟關係以及他在格林肖死前有過接觸這個事實,判定史洛安是格林肖的同黨,是兇手,凶殺的動機首先是銷毀遺囑;其次是把格林肖作為禍根拔掉,再次是要獨佔諾克斯非法買進的達芬奇繪畫真跡。當警察局派人捉拿史洛安時,史洛安已自殺身亡。據此,警察局以史洛安畏罪自殺定案。

艾勒里接受上一次的教訓,變得謹慎起來。他對認定史洛安是兇手這一結論存有許多疑問。小說中艾勒里與父親的一段對話,道出了艾勒里的疑慮。

　　艾勒里平靜地對父親說:「我認為你對這個案子處理得太草率了,爸爸。我悠哉遊哉得太久了,一直袖手旁觀,現在我打算過問一下。」

　　偵探長為之愕然。「你打算幹什麼──打算再炒冷飯嗎，艾勒里，你怎麼還不死心呢？」

　　艾勒里發表意見說：「我總擔心平白無辜硬要一個孤魂怨鬼背上殺人害命的黑鍋，而其實這個人就像你我一樣的不是兇手。」

　　「講點道理吧，孩子，」老頭子不安地說道。「難道你還在一味地死心眼兒咬定史洛安是清白的嗎？」

　　「不能十分肯定。我從來沒有這樣講過呀。」艾勒里用指甲輕輕彈了彈煙灰。「我只是說：這件案子中還有不少情節尚未能解釋清楚，您、桑遜、佩珀、局長以及其他許多人，全部認為這些情節是無關緊要的。而我卻認為，哪怕只有一線希望，也應該刨根問底，做到問心無愧。」

　　「你有什麼明確的見解呢？」偵探長挖苦地問道。「既然你懷疑不是史洛安幹的，那麼你看大概是誰幹的呢？」

　　「究竟是誰在為非作歹，我腦子裏一點影子也沒有。」艾勒里噴出了一大口煙。「然而我可以肯定：一切的一切，全部搞錯了。我可以肯定的就是：史洛安並沒有殺害格林肖──也不是自殺。」

　從艾勒里與父親的對話中，我們看出他與父親觀點分歧，彼此有點隔膜，似乎存在「代溝」。艾勒里「刨根究底，做到問心無愧」的辦案態度，以及大膽質疑的舉動，顯示了他的獨特個性。

　艾勒里心有疑問，私訪了史洛安太太，瞭解到史洛安自殺的不可能性。卡吉士美術陳列館長蘇伊查提供的新情況，使艾勒里推翻了史洛安是兇手的結論，證明史洛安平白無辜的被一個老奸巨猾的兇手所槍殺。

3、「諾克斯結論」

百萬富翁諾克斯在購買贓畫後連續收到兩封敲詐勒索的恐嚇信，偵探長理查德‧昆恩在罪犯可能出現的地點佈置了一些探警。艾勒里反對父親的方案，建議調大隊人馬去諾克斯家捉拿罪犯。當探警趕到諾克斯家的時候，諾克斯檢查了一下對象，驚呼油畫被人偷走了。艾勒里斷定：「咱們正在查訪的那個人，就是偷另一幅畫的人，也就是寫恐嚇信給諾克斯先生的人，此人用期票作為信紙，所以必定也就是設計構陷史洛安並且殺害史洛安的人，同時他就是格林肖的同黨，當然也就是殺害格林肖並且設計構陷喬治‧卡吉士的人。」艾勒里宣佈將諾克斯逮捕。諾克斯成了兇手。理查德‧昆恩認為理由不足，不能魯莽行事。兒子艾勒里不聽父親的勸告，一意孤行。這使警察局諸位不知道艾勒里的葫蘆裏賣的是什麼藥。

4、「佩珀結論」

艾勒里胸有成竹，說服了父親，帶著幾個探員深夜闖進諾克斯空房的地下室，逮住且擊斃了老謀深算、放肆大膽地犯下了一系列罪行的兇手——年輕的副檢察長佩珀。艾勒里‧昆恩的這次結論解開了希臘棺材之謎。

小說作者獨具匠心地把年輕的艾勒里‧昆恩置於四個關鍵場合，讓他經受考驗。故事情節一次一次推進，人物性格一步一步成長。當初在「卡吉士結論」上，他是被佩珀牽著鼻子走的；在「史洛安結論」上，不妨稱之為他同佩珀之間相持不下，他自始至終不相信史洛安是兇手，儘管一直到蘇伊查來報告之後他才確信這一結論的不可置信；在「諾克斯結論」上，是艾勒里牽著佩珀的鼻子走的。艾勒里故意宣判諾克斯為兇手，使真正的兇手出洞。以上三個

結論，艾勒里與真正的兇手打成了平局，最後的「佩珀結論」，艾勒里穩操勝券。這四個結論構成四個戲劇性的情節。情節的發展真實自然。沒有脫離人物性格及其關係渠道，順理成章，邏輯嚴密。作者筆下的主人公艾勒里‧昆恩步步為營，以驚人的推理能力偵破了希臘棺材之謎。艾勒里‧昆恩最後躊躇滿志地說：「實際上，擒獲佩珀先生的，乃是我那鐵面無私的老戰友——邏輯，並且，我相信它將是一切陰謀詭計的克星。」在艾勒里‧昆恩偵探身上，作者創造了一個十分成功的年輕偵探形象，寫活了他的音容笑貌、心路歷程。相形之下，小說作者對在暗地裏與艾勒里‧昆恩對著幹的兇手佩珀這個人物形象刻畫得不夠豐滿，雖然作者在書中安排了線索，敘述了這個兇手的老謀深算，但概念化的東西較多，沒有突出兇手的獨特個性。作者倘若寫出兇手的強勁個性，那就更能襯托出艾勒里‧昆恩機智靈活、頑強勇敢的偵探風貌了。

《希臘棺材之謎》是一部推理性質的偵探小說，描述了如何運用演繹法，去偵破一件錯綜複雜的人命案。小說不單純地追求情節的曲折離奇，而是著眼於表現艾勒里‧昆恩偵探在偵破謎案過程中進行邏輯思維的科學態度。隨著故事的開展和矛盾的解決，讀者就會看到，貌似神祕的現象，實際上並不神祕，它不只可以用常情或科學道理解釋，而且構成了破案的一個重要環節。這是作者艾勒里‧昆恩在繼承和發揚經典偵探小說傳統的基礎上所形成的創作特色。

艾勒里‧昆恩的偵探小說作品都題名為某某事物之「謎」，銳意偵破人世間的斯芬克斯之謎是艾勒里‧昆恩偵探的宗旨，也是作者艾勒里‧昆恩的創作心願。

八、運智鬥法的探案故事
—— 賈德諾《怪新娘》賞析

　　1988 年，北京長征出版社推出一套由陳喜儒主編的《世界偵探推理小說名著精選》，其中第一冊的第一部就遴選了美國偵探小說作家賈德諾的《假眼睛》。《假眼睛》透過一顆逼真的玻璃眼球在凶殺現場的失落線索，演繹一件錯綜複雜的故事。這部小說固然體現了賈德諾偵探小說的一些主要特徵，但筆者認為，《假眼睛》不是賈德諾最好的偵探小說。作者另一部偵探小說《怪新娘》倒是一部很值得一讀的佳作。《怪新娘》在人物塑造和情節安排上灑脫自如，別具匠心，超出一般作品。

（一）梅森律師的探案風格

　　二十世紀二十年代以來的偵探故事，包括「福爾摩斯探案」，大多是講一位偵探式人物和委託人訂立有償服務合同進行斷案。同樣，賈德諾筆下的梅森律師受當事人委託，偵破了一系列棘手的疑案。《怪新娘》中，梅森律師憑著嫻熟的職業技巧，處理了一樁錯綜複雜的人命案。

1、律師加偵探

　　賈德諾塑造的佩利・梅森，既是一個出色的偵探，又是一位優秀的律師。據作者交代，梅森長於判斷，精通犯罪學和法律條款。他總是坐在律師事務所的轉椅上處理案頭堆積如山的信件。對每一

個造訪的怪客，他都不厭其煩，刨根究底，然後根據委託人提供的線索破案。

《怪新娘》開頭描寫了一個怪異的客人出現在律師事務所，「這女人有點神經質，她兩眼緊盯梅森律師看了一下，於是轉移到排列著書架的牆上，樣子像一隻野獸來回地看籠子的鐵柵」。梅森律師招呼她坐下，用一種坦率的審慎對她端詳著。這種審慎是他多年來探究證人和訴訟委託人心靈深處的經驗所養成的。這個女人開口說是為一個朋友的事而來的，朋友的丈夫失蹤了七年，是否允許再婚。前來向梅森諮詢的這位女人說話躲躲閃閃，吞吞吐吐。梅森不願同她多談，以當事人親自來晤談為理由打發她走了。

更奇怪的事情還在後面。這個女人匆忙走後，把一隻皮包遺失在律師事務所的皮椅墊縫裏。梅森打開一看，包內有一份電報，一瓶安眠藥和一枝小型自動手槍。梅森從直覺上判斷這個女人是剛結婚的新娘，「是十分奇怪而又神祕的人物，在她的生命裏就隱藏著一些不能告人的事，我不懂得她所弄的是什麼玩意，她從未完全信任過我。」她為何而來？前來諮詢的真實意圖是什麼？又到哪裏去？這個行蹤奇怪的女人的一切，都激起了梅森洞察其隱祕活動的興趣。

梅森根據電報線索，查到了怪新娘名叫柔達‧蒙丹，最近同一個叫格雷戈萊‧莫克斯萊的男人有交往，而這個男人正是她的前夫。正當梅森律師的調查進入一個新階段時，莫克斯萊在一個凌晨被暗殺。怪新娘柔達‧蒙丹的丈夫卡爾‧蒙丹以物證報案。情況變得複雜起來。柔達將要以謀殺罪被判刑。梅森律師不由得為柔達的命運而擔憂，他要採取相應的行動，查明真相，幫助這個捲入人生漩渦之中的怪新娘。梅森律師的女祕書泰拉‧司特莉和另一個私人偵探保羅‧德雷克協助梅森對案情進行縝密的偵查，配合默契。

　　自然，梅森律師在探案過程中受到阻礙。賈德諾描寫了梅森律師在關鍵時刻大智大勇的行動。「機場截留」這個戲劇性的情節表現了梅森機智果斷的性格特徵。

　　柔達「畏罪」出逃時，梅森急如星火，飛車趕至機場，在飛機入口處截住了柔達。當他發現機場有警察局偵探搜尋時，梅森急中生智，讓柔達躲藏到機場的電話亭內。

　　　梅森把門關上，站在電話機的前面不時用眼睛注意著外面的走廊。說道：「現在聽著：我得要把這事說明，當警察方面得到了你要搭飛機出走的消息之後，他們就派人堵住每一條通往市區的路口——飛機場、火車站、公共汽車站，以及其他的一切交通站。

　　　「我不認識他們，但他們認識我，因為當我離開了你的房子去叫一輛汽車的時候，他們就認識我了。他們猜想我是去找你的，所以他們就一直跟蹤著我，但半途上我把他們甩了，於是他們便先到這裏來了。當他們看見我在這裏的時候，他們準會猜想在你上飛機之前我會來找你並給你最後幾分鐘的指示的，現在他們會猜你一定是遲誤了鐘點，所以我正打電話找你，等一會我讓他們知道我已經看見了他們，並且走到這電話間裏來好像是要躲避一樣，你明白我這話的意思嗎？」

　　　「明白了」。她說，她的聲音很模糊地從底下傳上來。

　　　「對了，他們現在開始在四處察看了。我現在就要用對話機傳話呢！」

　　　他從電話機的掛鈎上拿起了聽筒，但並沒有放一分錢下去，他把嘴挨近聽筒口，並且很快地說著。外表上好像是在和對方談話，其實是在很快地給柔達一切指示。

「你想乘飛機逃走，未免太笨了一點。」他說。「從空中飛去就是一種犯罪的表示。如果你在上飛機的時候被他們捉住，從你的飛機票上知道你要逃到別的城市，那更會加重你在案的罪嫌，你要走最好是設法不要給他們查出你是畏罪逃走的。」

梅森與柔達在狹小的電話亭內的對話，顯得誠摯和善、循循善誘。梅森打探到怪新娘柔達的身世以及在莫克斯萊被殺的那天凌晨被迫去約會的細節。然而，當梅森和柔達從電話亭裏走出來後，立即被警察局的偵探擋住，這夥人怒視梅森帶走了柔達。

「機場截留」雖然沒有刀光劍影，劍拔弩張之激烈搏鬥場面，卻不乏緊張驚險。這個場景具有兩種功能，主要功能是透過迫在眉睫的氛圍來刻畫主人公；輔助功能是，為下一個場景作鋪墊，引發後來的場景。

「機場截留」之後，梅森陷入苦悶煩躁之中，「他在辦公室內來回地走著，好像一頭關閉在鐵籠裏的猛虎一樣的不願意停息。他以前也常愛在室內徘徊沉思，這表示他原有一種容忍的功夫，現在已經消失了。他現在是一位莊嚴的戰士，而他的不停息的走動與其說是表現他注意力的集中，毋寧說是為了發洩他過剩的體力。」不冤枉一個好人，是梅森律師義不容辭的責任。可是，辦案過程卻困難重重。檢察局的一些要人對梅森很反感，大有興師問罪之意；百萬富翁、卡爾‧蒙丹的父親來到律師事務所，以金錢為誘餌，企圖讓梅森放棄對柔達的保護，梅森予以拒絕，百萬富翁威脅道：「不管你的才智多麼高超，我可能是你的一個危險的對頭。」梅森義正詞嚴地回答：「你已經得到我最後的答覆了，如果你要和我為敵，隨你來吧！」面對重重壓力，梅森泰然自若，我行我素。

梅森在莫克斯萊的寓所發現了至關重要的兩個東西：門鈴和火柴梗。梅森調查了莫克斯萊以往的生活。莫克斯萊這個惡棍曾騙取了許多女人的錢財，遇害前還欠下一個名叫本德的女子的二千元錢。而本德的莽撞的哥哥與凶殺案有關。梅森私訪了卡爾‧蒙丹，瞭解到他在凶殺案中扮演的不光彩角色。梅森得到這些線索後，明白了其中的微妙之處。

賈德諾初步刻畫了主人公梅森這位律師加偵探的人物形象，揭示了諸種條件：環境（梅森生活的具體環境）、情況（遭受不白之冤）等等。這樣具體的內容，是充分展示人物性格所必須的，也為下階段梅森律師在法庭上的雄辯作了鋪墊。

2、精彩的公堂對質

法庭審訊是賈德諾偵探小說的高潮。在《怪新娘》中，賈德諾用了三分之一的篇幅來描寫這一場面。

在掌握足夠的材料、進行分析研究後，梅森抓住關鍵性問題，在法庭上經過辯駁和質詢，揭露破綻，挖出罪犯，一舉廓清迷霧。正如梅森本人所說：「我喜歡那種像戲劇式的審判，當原告滔滔陳述理由時，被告辯護律師突然提出有力的證據，發表驚人的論辯，在莊嚴的法庭，拋下一枚炸彈，使大家感到震驚。那時即便是成年人想要強自鎮靜，也恐怕不可能……唔！」梅森善於用法律的武器來維護委託人的合法權益。

《怪新娘》中的兩次公堂對質相當精彩。為原告卡爾‧蒙丹辯護的律師是約翰‧路伽；為被告柔達‧蒙丹辯護的律師是梅森。路伽律師博聞強記，滔滔不絕，而梅森神思靈敏，精於法律。

例如，第一次開庭審判莫克斯萊謀殺案時，路伽袒護卡爾‧蒙丹，認定柔達在前夫活著的時候同卡爾‧蒙丹結婚是無效的。梅森

不同意，以格雷戈萊騙取柔達的婚姻之前就曾同一位婦女結過婚為理由，說明柔達同卡爾・蒙丹的再婚有效。小說作者細緻地描繪了梅森與路伽的這場舌戰。

佩利・梅森說：「叫貝錫・海爾曼夫人到證人台。」

一個大約有三十二歲左右的青年婦人，有一雙大的眼睛，跨上證人台，舉起右手來宣誓。

「格雷戈萊・莫克斯萊，前名叫格雷戈萊・勞登的這個人是在今年六月十六日那天被人殺死的，驗屍的那一天你去看過嗎？」

「去看過的」

「你看見那屍體沒有？」

「看見了。」

「你認識嗎？」

「認識的。」

「這人是誰？」

「這就是我在一九二五年一月十五日和他結婚的那個人。」

旁觀的人都發出了一種驚歎的聲音。路伽從座位上挺起了一半身子又坐下去，然後突然又站起來。他遲疑了一會，於是慢慢地說：

「法官，這樣的證明使我覺得驚訝。無論如何，我敢反駁這種證明對於這問題根本是不成立的，沒有用處的，不相干的，沒有關係的！不管莫克斯萊這人以前曾經結過多少次婚，他和柔達・蒙丹結婚是事實。他可能有兩打和他結過婚而現在仍然還活著的婦人。當他還活著的時候，柔達・蒙丹

可能提出取消婚約的控訴。他並不如此；他死了以後她就成為一個寡婦了，換句話說，她的婚姻是不容易受到側面的攻擊的。」

佩利‧梅森笑了起來。他說：「這個國家的法律規定，凡是以後的婚姻如果受到前次婚姻兩人中之一人反對或雙方有關係的人反對，那麼後來的婚姻從開始就不發生效力。加州一百六十判例中的格雷戈遜判例告訴我們，虛假的結婚要受到反駁而宣告無效的。

「顯然地，當格雷戈萊‧勞登的前妻還活著的時候，他和柔達‧蒙丹的婚姻不能算作有效。因此，被告人前次的結婚既然是在法律上不發生效力，這就不能夠阻礙她後來和卡爾‧蒙丹的正式結婚。」

審判官鬥羅最後判決說：「對於被告的判決是：取消婚姻的訴訟駁回，現在退庭。」賈德諾善於把爭論雙方一起推到前場，進行「正面交鋒」，法庭辯論是戲劇性最強的場面。在這裏，梅森胸有成竹，據理力爭，路伽招架不住，困窘不堪。雙方圍繞著柔達婚姻問題展開正面交鋒，唇槍舌戰，情節富有起伏，頗能引人入勝。

賈德諾還用很多篇幅描繪了梅森同路伽的第二次交鋒。梅森在第二次開庭審訊的公堂對質中，駁倒了對方掌握的「鐵證」，出人意料地提出了確鑿的證據，解決了柔達的冤案。原來在案發那天凌晨，曾有四人來到格雷戈萊的寓所。本德的哥哥是替妹妹來向格雷戈萊討債的；柔達是來應付格雷戈萊勒索的；卡爾‧蒙丹是來監視夫人的私生活的；米爾賽醫生是來保護柔達的。格雷戈萊腦勺上致命的一擊，是卡爾‧蒙丹所為。賈德諾正是透過不同人物的證詞使案情跌宕起伏，透過唇槍舌劍的辯論使故事步步深入，導致問題的

最終解決。精彩的公堂對質描寫是賈德諾偵探小說最重要的創作
特色。

（二）柔達的心路歷程

《怪新娘》這部作品中的怪新娘柔達‧蒙丹雖然是個次要人
物，但並不黯然無光，索然無味，而是一個有血有肉的女性。作者
寫出了她怪異的一面，也寫出了她身上的新的意想不到的特性。當
我們一頁接一頁地讀下去，一個不幸的女人的形象便彷彿在一道神
奇的光線照耀下越來越鮮明地顯現出來。儘管她命運坎坷，出身寒
微；儘管她身遭誹謗、蒙冤受屈，而心靈，倘若仔細觀察，卻仍然
是純潔而完美的。

1、境遇與幻滅

柔達原來是一個天真爛漫的少女，充滿著幻想。那時候，她需
要一個騎士式的人物讓她崇拜，讓她依靠。格雷戈萊這個喬裝打扮
的流氓，用花言巧語騙取了姑娘的愛情和婚姻。這個流氓到處招搖
撞騙，活動的手段是專門迷惑有職業、能自立、面貌誘人但並不十
分漂亮、手裏稍有積蓄的婦女，去向她們求愛，把許多婦女引入圈
套，騙取她們的錢財。年輕無知的柔達根本不能識破騙子的偽裝，
結婚後才發覺上當受騙。她痛苦萬分，想自殺又沒有勇氣，過著地
獄般的生活。要不是格雷戈萊失蹤，她不知會落到什麼結局。第一
次戀愛和婚姻的不幸，給她心頭造成了巨大的創傷，遲遲不能癒合。

後來，柔達在醫院中結識了百萬富翁的兒子卡爾‧蒙丹。她是
被雇來看護病人的。她用整個身心照料病人，倒不是為了貪圖錢
財，而是一種畸形發展的母愛的表現。柔達和卡爾‧蒙丹的愛情實

際上是對前次婚姻幻滅的一種逆向反撥。柔達愛卡爾・蒙丹的一個理由是因為他太脆弱，她要讓他堅強起來成為一個真正的男人。然而，這個善良的願望被無情的事實擊得粉碎。卡爾・蒙丹在面臨現實考驗之時，毫無丈夫氣概，不但不能挺起腰桿來擔當一切，反而嫁禍於柔達。在開庭審訊前，梅森律師讓柔達在控訴書上簽字，然而，柔達原諒了卡爾・蒙丹，不願同他離婚。讀者讀到這裏，不能不「哀其不幸，怒其不爭」了。

2、從泥潭中奮起

到了小說結尾處，我們才看到柔達的覺醒。梅森律師在法庭上推翻了加在柔達身上的不實之詞，檢察處撤銷了對柔達的指控。梅森還迫使卡爾・蒙丹的父親交出了罰金。一切都過去了，柔達解放了。柔達獲知了事情的真相後，大夢初醒。

> 柔達・蒙丹突然跳了起來，把那對質記錄扔在桌子上。她握緊雙拳，怒氣衝衝地瞅著佩利・梅森。
>
> 「原來就是他們幹的好事！」她說。
>
> 梅森緩緩地點頭。
>
> 她的眸子裏似乎射出烈火來。
>
> 「現在我明白了！」她沉重地說：「以前我老想找到一個男人，像兒子似的撫愛著他，我所需要的不是一個丈夫，而是一個孩子。可是一個大人卻決不能再把他當孩子看；他所有的僅僅是柔弱自私而已。卡爾因為自己沒有勇氣挺身出來，擔當殺人的大罪，所以他想推在我的身上了。他從我的手袋裏偷取了我的鑰匙，便去報告警察局，把一件謀殺案硬裝在我的頭上，他的父親為了拯救他的兒子，也一心一意地

要使我走上斷頭台。現在我完全明白了！我跟他們的關係也完了！」

佩利・梅森靜靜地看著她，一言不發。

「我已經決定了！」她又繼續說，並且說得很快。「我絕不要拿他們蒙丹家的一個錢，我準備把這張支票退還給卡爾的父親，現在……」

她頓了一頓，眼睛有點紅，肩膀也微微抽動，然後她回頭去向泰拉・司特莉看。

「你能不能給我接一個電話？」她要求道。

「那當然，蒙丹夫人。」

柔達・蒙丹眼睛裏的那種痛苦的神情漸漸地消失了，她的嘴角邊透出一絲微笑。

「請你給我接米爾賽醫生！」她說。

這段語言動作的描寫，猶如鋼戟向夜空一輝，發著顫響，飄著光帶，把柔達覺醒後的心理活動刻畫得惟妙惟肖。這裏有痛苦的反思，又有希望的覺醒，但柔達畢竟找到了腳下的路。如果說第一次婚姻是幼稚所致，第二次婚姻是病態所致，那麼最後同米爾賽締結的婚姻，將是柔達自我的昇華，閃現出希望之光。柔達最終從泥沼中奮起，追求真正幸福的生活，正是拋棄了幻想，走向人生新岸的開始。

總之，賈德諾在《怪新娘》這部作品中把柔達這位委託人的心路歷程刻畫得這麼細緻入微，生動自然，這是難能可貴的。

（三）介於傳統與「硬漢派」之間

賈德諾在偵探小說創作上既張揚傳統偵探小說的質素，又適當吸收「硬漢派」偵探小說的成果。《怪新娘》既有傳統偵探小說的

結構嚴謹，又有「硬漢派」偵探小說的氛圍真實。賈德諾筆下的梅森律師既有柯南道爾筆下的福爾摩斯的睿智，又有漢密特筆下的斯佩德的雄風。尤其是，賈德諾以公堂對質的戲劇方式推進情節發展達到高潮，別具一格，他運用這一手法取得了成功。

　　賈德諾對法庭審訊的出色描繪，與他的生活經歷分不開。賈德諾 1889 年出生於美國麻塞諸塞州，幼年時曾跟隨從事淘金的父親旅居全國各地，長大後一度以拳擊為職業，後立志學習法律，日夜苦讀，二十一歲在加利福尼亞州獲得出庭律師資格。他根據自己親身經驗，業餘創作偵探小說，四十歲後，更索性拋棄律師生涯，成為專業作家。賈德諾是美國最多產的偵探小說家，從三十年代初寫「佩利·梅森探案」成名後，直到 1969 年逝世，賈德諾共計創作一百二十部偵探小說。賈德諾雖然從不諱言他寫作的商品性（事實上他靠撰寫偵探小說發了一點財），但他畢竟寫了一些高質量的偵探小說。《怪新娘》便是較好的一部。

九、「密室之謎」上的高度造詣
——狄克森・卡爾《亡靈出沒於古城》細析

　　「密室之謎」是偵探小說作家在創作中的慣常設計。在偵探小說創作人才輩出的美國，有一位擅長構建「密室之謎」的作家，他繼承愛倫坡〈毛格街血案〉的衣缽，融合西方其他偵探小說名家的創作經驗，提煉情節，精益求精，創作出新奇精巧的密室小說，令人拍案叫絕。此人就是曾經擔任過美國偵探小說協會會長的狄克森・卡爾。

　　狄克森・卡爾（1906-1977）作為密室小說的巨匠，成名於偵探小說的黃金時代，他的第一部偵探小說《夜行記》於 1930 年發表後，就獲得讀者的喜愛。接著，他離開美國，來到大西洋彼岸的英國，便留居英國達十八年之久。他是一位勤奮多產的作家，從三十年代起到逝世為止，大約寫了一百二十部偵探小說，平均每年達六本之多。他在留居英國期間，以英國歷史上的疑案為題材創作了一批偵探小說作品，其中很大一部分是替英國廣播公司寫的。《亡靈出沒於古城》就是作家留居英國的產物。

（一）縝密的雙重「密室之謎」

　　《亡靈出沒於古城》在情節上刻畫入神，力透紙背。故事發生在英國北部蘇格蘭地區夏伊拉古城堡裏，傳說這裏的古塔上經常有亡靈出沒。一天夜裏，城堡的主人安格斯老人從塔頂的密室墜下身亡，就在著名偵探基德恩・費爾博士來到古城堡裏的當夜，血淋淋

的亡靈又出現了，前來處理長兄善後事宜的柯林醫生，又從塔頂的密室墜落。接著又發生重大嫌疑者霍布斯（安格斯老人的企業合夥人）在另一處密室懸樑自盡的事件。安格斯等人是他殺，還是自殺？眾說紛紜，難以定論。費爾博士運用新穎的推理，解開這樁令人驚詫的疑案。

　　偵探小說創作貴在出奇、出新，而又入情入理。在前人已經寫濫了的密室之謎的基礎上，要鼓搗出什麼新穎的東西來，確實不易。狄克森‧卡爾倒也有能耐，專門在密室之謎的深化上精心策劃，在小說中巧妙地構擬了難度較大的雙重密室之謎。

　　狄克森‧卡爾在《亡靈出沒於古城》的上半部分，首先拉開夏伊拉城堡古塔密室之謎的帷幕。安格斯老人每天晚上九點鐘左右到古塔頂端的臥室就寢，睡覺前總是插上門栓，關好窗戶。然而在一個凌晨，送牛奶的工人在塔下發現安格斯老人摔死在地上，死亡時間估計約在晚上十點至凌晨一點之間。經解剖屍體得知，安格斯腹中無毒藥，也沒有飲酒，因而不可能是由於失誤從塔頂密室的窗口墜落下來的。再看密室，房門仍然反鎖著，門栓也仍舊插著，密室唯一的關口，是離地面二十米的窗戶，從窗戶到地面的牆壁是用光滑的石頭築成，與地面垂直。塔頂是光滑的圓錐形瓦房頂，即使用繩索或其他工具，也不可能從地面攀入窗內，或從塔頂滑進窗內。也就是說，古塔頂端的那間臥室嚴如密室。那麼究竟是誰潛入了老人的房間，將老人推下去的呢？難道是傳說中古塔的亡靈所為嗎？

　　一切是那樣令人費解，不可思議。根據安格斯家屬提供的線索，安格斯死前的那天晚上，合夥人霍布斯曾來古塔的臥室同安格斯見過面，兩人發生過爭吵，安格斯的家屬趕到臥室時，霍布斯已離開。安格斯的家屬檢查臥室，無異常處，於是向安格斯道了晚安，

親眼看見安格斯關門睡覺，才放心地走開。霍布斯有謀殺嫌疑，卻缺乏指控他的證據，案發後，古塔臥室內的一個物件引起了人們的注意，床底下發現一隻空空如也的裝上鎖扣的箱子，這種箱子是外出旅遊時用來裝寵物的，為使小動物不致窒息，箱子的一端訂有一層金屬網。這只箱子怎麼進入密室的呢？狄克森‧卡爾大傷腦筋。在亡靈作祟與人為作案之間、在自殺與他殺之間，一切都撲朔迷離。如此渲染，強化密室之謎的懸念。

　　作者駕馭密室之謎的能力綽綽有餘，又馳騁豐富的想像，在小說後半部分又構擬了古連柯村小屋密室之謎。

　　大偵探費爾博士到古連柯村調查安格斯老人墜塔事件，找霍布斯瞭解情況，發現霍布斯已吊死在屋內。霍布斯難道是畏罪自殺？費爾博士根據霍布斯在上吊之前自己先熄燈又摘掉黑色窗簾這一反常細節，斷定霍布斯不是自殺，而是他殺。然而，這是一間四米見方的正方形屋子，牆壁很厚，窗戶蒙著堅實的金屬網，屋門上沒有鑰匙孔，門框與地面貼得很緊，嚴密合縫，不可能從門外撥動門栓，小屋煙囪也很細，外人顯然通不過。這顯然是一個令人費解的密室之謎。

　　狄克森‧卡爾設計的「兩個密室之謎」，連環相扣，扣人心弦。在設計了謎面後，狄克森‧卡爾隨即開始解「扣子」，抖「包袱」。

　　城堡古塔密室之謎的謎底是，安格斯老人在經營企業破產後，萌生自殺之念頭，為了使家屬在他死後能領取二萬五千英鎊的人身保險金，他在侄兒查普曼的配合下，製造他殺假象。具體做法，是在臥室放置盛有乾冰的箱子，躺在床上的安格斯吸了乾冰氣化後的二氧化碳後，窒息異常，急不可待從床上爬到窗子跟前，打開窗戶想呼吸新鮮空氣，由於兩腿發軟發顫，站立不穩，窗台又低，向外推窗戶時，身子不由自主地從塔頂臥室墜落。而臥室內的乾冰到第

二天早晨完全氣化了，箱子裏便空空如也，不會留下任何痕跡。後來，查普曼為了鯨吞那筆人身保險金，採用同樣的方法，謀害有部分繼承權的柯林醫生。

古連柯村小屋密室之謎的謎底是，查普曼為了製造夏伊拉城堡古塔密室之謎的他殺假象，嫁禍於霍布斯，殺人滅口。查普曼於深夜潛入霍布斯屋內，從背後勒死他，造成霍布斯畏罪上吊自殺的假現場。罪犯拿起屋內的一根釣魚竿走出來，關上門，用釣魚竿透過窗戶的金屬網，拉上門閂，使屋門反閂上。

無論是「夏伊拉城堡古塔密室之謎」，還是「古連柯村小屋密室之謎」，都是由大偵探費爾博士透過推理活動偵破的，費爾博士解開雙重密室之謎得益於化學和數學方面的科學知識的靈活運用，費爾博士用科學偵破了複雜的疑案。

狄克森・卡爾構擬的雙重密室之謎，情節曲徑通幽，跌宕起伏。狄克森・卡爾善於攝取美國社會中的眾生相，予以曝光。他對西方社會中一些人不擇手段的欺騙和犯罪活動，作了一定程度的揭露，給讀者留下深刻印象。

（二）饒有幽趣的點染

狄克森・卡爾善於設謎和解謎，卻不滿足於對密室之謎作刻板的記錄，而是力求描繪出一種動態的多方位的複雜案件。

小說以康白爾家族兩個親屬阿倫和凱瑟琳受到鄧肯律師邀請信前來夏伊拉城堡參加安格斯喪事為引子，導入密室之謎的複雜事件。阿倫和凱瑟琳在途中生出的種種情事，以及在夏伊拉城堡同饒舌的記者斯旺的糾合，給沉悶的古堡氛圍平添了喜劇色彩。阿倫和凱瑟琳壓根兒想不到會遇到這麼多觸目驚心、疑惑不解的事情，作

者在小說中描寫了他倆對密室之謎的駭異和伴隨費爾博士探案的感受。這種視點和敘事角度充滿張力。

狄克森·卡爾為了使偵探小說情節添一分光彩，換一種姿態，在揭出雙重密室之謎的謎底後，筆鋒一轉，描寫了費爾博士對整個案件的獨特處理結果。費爾博士以無可辯駁的推理，揪出罪犯查普曼：

> 突然，查普曼雙手摀住臉抽泣起來，因為他恐懼那等待著他的死刑。
>
> 「我並非有什麼歹意，安格斯老人講了他自殺計劃後唆使我說，你要想得到一半保險金就幫幫我的忙吧。我為金錢迷了心竅……，啊，博士，你不會把我送給警察吧！」
>
> 他一邊哭，一邊求饒。
>
> 「如果你照我說的寫出招供，我就放你走，怎麼樣？」費爾博士和藹地說。
>
> ……
>
> 此時，鄧肯律師著急地說：
>
> 「我作為一個負責任的律師，不能承認你們這不正當的交易。我不能眼睜睜地放走殺人犯……。費爾博士，你的作法是違背法律的！」
>
> 費爾博士扶正滑下的眼鏡，瞪了一眼鄧肯律師。
>
> 「只是守法還不算正義。在人間有更為重要的東西。況且，知道此案真相的，只有我們在座的幾位。怎麼樣，諸位，我們發誓，至死不把真相告訴別人，永遠保守祕密！」
>
> 「好，我發誓。」凱瑟琳率先舉起右手表示贊同。
>
> 接著，阿倫也舉起了右手說：「我也為埃魯斯帕特老夫人起誓！」

「好，以少數服從多數通過了。查普曼，你怎麼辦？是寫一份殺死兩人，殺一人未遂的罪狀逃往國外，還是什麼也不寫，按殺死一人，殺一人未遂的罪狀被判處死刑，成為絞刑架上的一滴露水自消自滅？來，我數到第十個數字，你拿出決斷來。」

費爾博士用他那粗粗的拐杖敲著地板數起來：

「一、二、三……」

查普曼閉上眼睛，渾身像篩糠一樣抖動起來。大家屏住氣注視著他。

「四、五、六……」

查普曼睜開眼睛，將目光投向窗外。

秋天金色的陽光灑滿了這座古城堡的院落，靜謐的湖水泛著銀光，好一派寧靜而和平的景象。

「七、八、九……」

在令人窒息的沉靜中，只能聽到拐杖的擊地聲。只剩下最後一下了。

「寫！」

查普曼用他顫抖的手拿起了筆。

小說中費爾博士同罪犯達成協定並放走罪犯，似乎不能使讀者接受，費爾博士為什麼要這樣做呢？狄克森·卡爾在小說中交代，費爾博士具有「人情味」。費爾博士考慮到事到如今，即使把查普曼交給警察，死者也不能復生，更重要的是，如果埃魯斯帕特老夫人知道了安格斯老人是自殺，且不說她領不了保險金，在精神上對她也是一個沉重的打擊！她是一個虔誠的基督教徒，當她知道自己的丈夫是自殺，不能葬於教會的墓地，魂靈還將被打入可怕的十八

層地獄時，會悲痛欲絕的。費爾博士說：「我不願讓她悲傷，我希望她能度過幸福安樂的餘生。再說，安格斯老人也正是抱著這樣的希望，親自斷送了自己的性命的。」

如何看待費爾博士放走罪犯的「義舉」呢？應該說，費爾博士放走罪犯之舉，是不正確的，誠如鄧肯律師指出的那樣，是違背法律的。憑這一點，狄克森‧卡爾筆下的費爾博士應該受到責備和譴責。然而，仔細一想，我們就會發現狄克森‧卡爾這樣安排結局頗有匠心。作者在這裏實際上是向讀者標明，即使是大偵探在處理案件的時候，有時也會受到個人情感和複雜因素的羈絆，做出人情壓倒原則的「義舉」來。社會關係決定了費爾博士的價值取向，費爾博士是康白爾家族請來破案的偵探，他不能不考慮康白爾家族的整體利益，息事寧人。費爾破案能力有餘，恪守法律不足，他本身就是一個性格矛盾的人，需要社會學家對費爾這個著名的偵探進行解剖。再說，狄克森‧卡爾在結尾刻畫了費爾博士釋放罪犯的細節，這標明，在現實生活中，並不是逮住罪犯交給警察就了事了，文學作品中的審判罪犯後的大團圓的圓滿結局容易陷入公式化。狄克森‧卡爾以突兀的筆調，推出高潮，戛然而止，寫得新穎奇特，姿態橫生。

狄克森‧卡爾是西方偵探小說黃金時代中湧現出來的一位著名作家，他雖然在偵探小說的整體格局上沒有突破，卻在偵探小說的「密室之謎」上苦心孤詣。《亡靈出沒於古城》據說是狄克森‧卡爾認為最自信和得意的作品。事實上，這部作品頗有智慧，故事離奇變幻，撲朔迷離，文思詭譎縱橫，若即若離。作者對偵探小說的技藝掌握得十分嫻熟。

十、華裔偵探顯神威

—— 厄爾‧德爾‧畢格斯塑造的陳查理形象

在歐美偵探小說史上，厄爾‧德爾‧畢格斯（1884-1933）塑造了一位在檀香山警察局服務的中國偵探陳查理的形象而蜚聲文壇。陳查理的形象最初出現在二十世紀初二十年代畢格斯所寫的《沒有鎖的房屋》、《中國鸚鵡》、《窗簾的背後》、《黑駱駝》等幾部作品中。畢格斯塑造的陳查理形象的意義在於打破了西方某些人對中國人的歧視和偏見。在這裏，筆者以畢格斯創作的《倫敦大偵探之死》這部偵探小說作品為例，剖析一下畢格斯筆下的陳查理偵探形象的特色。

（一）幽默風趣的胖偵探

倫敦警察廳大偵探弗雷德里克爵士在舊金山慘遭殺害，十六年前英國律師高爾特在辦公室被殺，英軍上尉年輕的妻子伊夫‧杜蘭德突然失蹤。它們與大偵探的死之間有何關係。這個案中之案擺到了前來北美大陸度假的陳查理的面前。

服務於檀香山警察局的陳查理是個其貌不揚的矮胖子，卻以機智勇敢名聞遐邇。他接手這個案子顯然是不得已的份外事。當時他度假期滿，剛要返回檀香山，急切回家探視妻子新生的第十一個兒子。卻被倫敦大偵探之死這件錯綜複雜的要案羈絆，留了下來參與破案。

在斷案過程中，女律師莫羅小姐為來自倫敦的無字信發愁，陳查理微微一笑：「有句話你聽了可不要生氣。我說你不必愁眉苦臉，老是這樣，你額頭上會生出皺紋來的，多可惜呀。一個人偶爾遇到一些奇怪的事情，倒能使他的生活更有趣味。這是我的經驗之談，望你能聽進耳去。」陳查理硬是從一張白紙的無字信上找到了打開過弗雷德里克爵士信件的人的指紋。

陳查理的過人之處，在於能撇開罪犯攪渾的水（如案發現場的一雙鞋子），能把幾個貌似不相關的事件聯繫起來，作為全局中的網結予以梳理和確證。而舊金山警察局的弗蘭納里警長遠遜於陳查理。因此在案件的偵破中，陳查理唱主角，弗蘭納里只能充當配角。小說中有這樣一段描寫，陳查理帶弗蘭納里去俱樂部捉拿兇犯，卻遲遲不見要捕捉的目標的出現，弗蘭納里用責備的目光射向陳查理，而陳查理卻不在乎，仍然縮著肥胖的身軀一動不動地坐在椅子上，猶如一尊泥塑木雕的菩薩。陳查理示意牢騷滿腹的弗蘭納里安靜下來，伏擊狡猾的兇犯。最終確如陳查理所料，兇犯出現，一舉擒獲。透過這段描寫，陳查理的智深、勇沉、神閑、氣定與弗蘭納里的淺薄、浮躁、焦慮、妄動，構成鮮明的對比。

畢格斯還致力於把陳查理塑造成富有中國人性格特徵的形象。小說中，主人公的語言是中國化的，且時時閃現出睿智。

確如小說中的莫羅小姐所說，陳查理是一個志向遠大、抱負不凡的人，他的心中充溢著中國古老的格言，並在斷案過程中適時地吐露出來。當莫羅小姐談起中西文化差異引起觀念差異這個問題時，陳查理發表了如下見解：「粗茶解渴，淡飯充饑，布衣裹身，曲肱當枕，這是我們中國關於幸福觀的一個古老定義。志向何用？抱負何能？身上不冷，腹中不饑，此願足矣。」莫羅小姐深為陳查理的見解所折服，陳查理又補充說道：「我感到自己是原始東方哲

學的一個犧牲品。人是什麼？人只不過是連接過去和將來這根大鏈條上的一個環節，我總記住我就是這樣一環，是連接屍骨埋在遙遠的山崗旁邊的祖先和在潘趣缽山上我家中那十個孩子——現在也許是十一個了——的小小的一環。」寥寥數語，透出了陳查理充滿歷史感興的心曲。

由於受中國傳統文化的熏陶，陳查理在斷案過程中，嘴裏常常嘟噥著中國孔夫子的聖訓，如「不在其位，不謀其政」、「小人求諸人，君子求諸己」、「知之為知之，不知為不知，是知也」等等，在小說中俯拾皆是。

畢格斯還為陳查理這個華裔偵探提供了帶有中國風格的活動環境，這就是舊金山的唐人街。小說中寫到陳查理去唐人街探訪的情形：

> 唐人街的中國人休息得晚，只見寬闊的街道兩旁，商店裏燈光輝煌，顧客盈門。人行道上擠滿了遊手好閒、無所事事的人群。年輕小夥子都打扮得和當地美國青年一樣，老年人則穿著中國傳統的緞子衣褲，拖著腳上的氈鞋走來走去。不時可看見一些有身份的家庭主婦，一個個都擺出一副趾高氣揚的樣子，彷彿生怕減損了自己的威風似的。偶爾也能看到幾個新潮流的少女，身著奇裝異服，閃動著水汪汪的大眼睛，更給唐人街的夜景增添了色彩。

寥寥幾筆，繪出了唐人街的人文景觀。

就這樣，畢格斯把陳查理放在特定的條件和場合中予以描繪，既把握了主人公的經驗世界和情感世界，又強化了陳查理「這一個」偵探形象的特質。

（二）陳查理形象的文學社會學意義

　　畢格斯塑造的陳查理形象以其獨特的個性躋身於世界著名偵探形象之列。作為一位華裔偵探，他以智慧和勇氣證明了東方文明的偉力。

　　十九世紀，許多遷居美國的中國勞工為開發美國西部作出了巨大的貢獻。但是，美國社會的種族歧視卻不曾停止過。1884 年美國透過立法，禁止中國人移居美國。與此同時，即十九世紀八、九十年代，美國曾有一種「唐人城小說」，內容主要是犯罪和歷險。在這些小說裏，「唐人城」成了一個富有異國情調的地區。小說中的惡棍總是一個中國人，他綁架了一位美國婦女，後來一位美國英雄救出了她，最後兩人相聚在一起，而那個中國人則不是被打死，就是被關進監獄。這就是「唐人城小說」通常的模式。中國人的形象是負面的，以致反映在偵探小說領域，Ｌ・諾庫斯在《偵探小說十戒》中說：「不要讓中國人出場」。

　　畢格斯是那種不帶種族偏見的美國作家，他把中國人放在美國社會的座標系中，以藝術形象彰顯了中國人的智慧風貌，衝擊了美國國內氾濫的種族歧視意識，使美國讀者、公眾對中國人有了新的感知、認識和估價，正如日本著名偵探小說理論家全田萬治在《論現代推理小說》一書中說：「自Ｅ・Ｄ・畢格斯塑造了栩栩如生的中國人偵探陳查理，並獲得好評以來，這一禁忌越來越顯得是無聊的種族偏見了。」

十一、沉雄勁健的「硬漢派」
——漢密特和錢德勒的偵探小說風格

　　由美國文壇怪傑愛倫坡開創的偵探小說模式，經英國偵探小說大師柯南道爾的豐富和發展，呈現出完備成熟的形態。然而，任何模式一旦發展到頂峰，那就要尋求突圍，開發出新的內容。二十世紀三十年代，偵探小說領地裏崛起了一個沉雄勁健的「硬漢派」，把偵探小說推向一個新的發展階段。領導這個文學新潮流的人物，是美國作家達許‧漢密特和雷蒙德‧錢德勒。

（一）漢密特和他的《馬爾他之鷹》

　　達許‧漢密特（1894-1961）參加過兩次世界大戰，年輕時曾在平克偵探事務所作過私人偵探，這為他後來從事偵探小說創作打下了堅實的生活基礎。漢密特熱心於進步政治活動，嫉惡如仇，人稱左翼政治活動家。他的作品雖然不少，但一生僅有《馬爾他之鷹》、《瘦子》、《玻璃鑰匙》等幾部「硬漢派」偵探小說傳世。

　　達許‧漢密特以《馬爾他之鷹》這部長篇小說成為「硬漢派」偵探小說的先驅。這部小說描寫以美國人古特曼為首的一夥人，為追尋一件中世紀的皇帝貢物——在馬爾他島精工製作、鑲嵌著名貴珠寶的一隻金質黑鷹——展開了錯綜複雜、離奇曲折的博弈。為獲取這一無價之寶，唯利是圖的各式人物在犯罪過程中不惜採用多種卑劣手段，極盡爾虞我詐、勾心鬥角之能事。私人偵探山姆‧斯佩德施展了全套「硬漢派」偵查本領，終於弄清事實真相，機智勇敢

地利用矛盾，各個擊破，最後使這夥罪犯全部落網。《馬爾他之鷹》從 1930 年初版後，轟動美國，深受讀者歡迎，一直保持暢銷記錄，並曾三次搬上銀幕。漢密特創造的偵探山姆‧斯佩德已成為歐美家喻戶曉的人物。第二次世界大戰後，西方流行的「硬漢派」偵探小說，大多仿效他的形象和作風。《馬爾他之鷹》被公認為「硬漢派」偵探小說的先鋒之作。英國著名學者伯納德‧肖在二十世紀七十年代末曾撰文推崇說：「達許‧漢密特、雷蒙德‧錢德勒、羅思‧麥克唐納奠定了美國驚險小說的偉大傳統。顯然這個傳統是漢密特開創的。因為，美國驚險小說是他熱衷創作的。漢密特的聲譽主要歸於《馬爾他之鷹》一書的問世。他就以這本書躋身於當代重要作家之列。」由此可見，《馬爾他之鷹》這部作品在漢密特的創作生活中以及歐美偵探小說史上佔有相當重要的位置。

漢密特《馬爾他之鷹》一書的成功之處，在於他一反西方傳統的偵探小說模式，給西方偵探小說注入了別具一格的質素。

1、主人公即硬漢

傳統的西方偵探小說的主人公大多是具有驚人智力，善於邏輯推理，靠腦力解決一切疑難問題的偵探，如杜賓、福爾摩斯、白羅等。但是這些傳統偵探小說的偵探比起《馬爾他之鷹》中的主人公山姆‧斯佩德，那就不免顯得有些文質彬彬了。斯佩德是條硬漢，他慣用拳頭、手槍同罪犯打交道，英勇善戰，剽悍頑強。

斯佩德作為私人偵探，工作於阿切爾偵探事務所。他出現於小說開頭、給讀者目睹的樣貌是：顴骨又長又瘦，翹起的下巴成 V 字形，嘴巴也成 V 字形，兩個鼻孔又湊成一個更小的 V 字形，一對灰黃色的眼睛一溜兒排著，濃濃的兩撮眉毛從鷹爪鼻子上兩道皺紋處往外聳出，一頭淺褐色的頭髮從兩邊高高的、扁平的太陽穴往

前額匯成一點，又成 V 字形，俗話說：「看人先看相」，也就是說從相貌中往往可以看出一個人的稟性。作者把斯佩德描畫成臉面呈 V 字形的硬漢，想必這條硬漢具有特殊的稜角和神奇的魄力。

　　斯佩德的硬漢功夫體現在兩次動武的行動中。第一次是懲罰喬爾‧凱羅。喬爾‧凱羅是希臘人，黑鷹的搜尋者之一。凱羅直闖偵探事務所，邀請斯佩德幫他尋找黑鷹，並且出其不意地拿起口袋中暗藏的手槍對準斯佩德，蠻橫地要求搜查辦公室和斯佩德。斯佩德鎮靜自若地站起身，讓他來搜。然而，當凱羅那臉剛好在斯佩德右肘下方還不到六英寸時，斯佩德向右猛一轉身，肘拐兒一捅。凱羅的臉猛地往後一縮，但是已來不及了。斯佩德右腳跟一下子踩在他那皮鞋尖上，擋住了身材矮小的凱羅的退路。肘拐兒正好捅在顴骨下方，撞得凱羅搖搖晃晃。斯佩德的肘拐兒繼續朝那神色驚訝的黑臉捅去，接著伸手朝手槍猛擊一掌。斯佩德手指剛碰到手槍，凱羅就鬆手了，手槍在斯佩德手裏顯得微小。斯佩德提起凱羅的腳，來了個向後轉，左手抓起凱羅的衣領，慢慢地把凱羅扭過身來，往後一推，一直推到自己剛才坐過的椅子跟前。斯佩德右肩抬起幾英寸，彎著的右臂也隨之抬起，從拳頭、手腕、前臂、彎著的肘拐兒到上臂，渾然一體，像一根鐵棍。一切動作都由肩膀來指揮。他一拳打在凱羅臉上，凱羅眼睛一閉，就昏迷過去了。斯佩德這次動武，採用的是欲擒故縱的招數。臨危不懼，伺機出擊，終於擊敗罪犯。第二次是懲罰古特曼的保鏢。面對古特曼保鏢緊盯不捨的挑釁，斯佩德非常惱火，決定打垮罪犯們的囂張氣焰。斯佩德在答應去同古特曼會面的路上，故意放慢腳步，忽然往裏一閃身，抱住保鏢，把那小子筆直舉起來，狠狠地甩在地上，並雙手順勢捏住那小子的手腕，繳獲了那小子口袋裏的兩把重型自動手槍。斯佩德把手槍放進自己的口袋，嘲諷地咧著嘴笑著說：「來吧，這下子你家老闆可要

嘉獎你啦！」斯佩德的這一動武，使古特曼一夥黑鷹搜尋者嚐到了厲害。

漢密特在小說中描寫了硬漢偵探斯佩德同罪犯的打鬥，這些武鬥場面有力地張揚了斯佩德的獨特個性。作者沒有渲染暴力，而是描寫主人公在危急關頭制止罪犯暴力行動所採取的強硬措施。

漢密特還把斯佩德置於錯綜複雜的黑鷹事件之中，多方面地體現斯佩德的硬漢性格。

斯佩德同委託人溫德利小姐的關係耐人尋味。溫德利小姐起初喬裝打扮，來到偵探事務所，向斯佩德謊報情況並要求保護。初次見面後，斯佩德就隱約地感到這位妖嬈的女人來路不明，跟她打交道得多長幾個心眼。在同溫德利小姐的交往中，斯佩德發現他對委託人隱瞞了一些祕密，逐漸獲知她同黑鷹事件有牽連。他密切關注這個捉摸不定的女人的動向，不露聲色，同她打得火熱，終於證實古特曼、凱羅、布里姬（化名溫德利小姐）原來是角逐黑鷹的犯罪團夥。而布里姬正是殺害斯佩德助手阿切爾的兇手。當斯佩德識破布里姬這個美女蛇的真面目後，他決定把她交給警察。在警察到來之前，斯佩德和布里姬兩人的一番對話很精彩：

> 「我希望上帝保佑你，別讓他們把你那可愛的脖子套上絞索。」他用雙手滑上去，摸摸她的脖子，他清了清嗓子說：「如果他們絞死你，我會常想念你的。」
>
> 「可是，可是，山姆，你不能哇！我們倆不是在一起過了夜嗎？你不能——」
>
> 「我不能才怪——」
>
> 她哆哆嗦嗦，吸了一口長長的氣，「原來你拿我開心？你假裝喜歡我——引我中圈套？你一點兒也不愛我，你不——愛我？」

　　「我想我是愛你的」，斯佩德說：「那又怎麼樣呢？」他臉上的笑容好像僵住了，面部肌肉一動也不動。「我不是瑟斯比，我也不是雅各比，我不會上你的當。」

　　「這不公平」。她叫道，眼睛裏湧出了淚水。

　　斯佩德對布里姬的態度是符合「硬漢」性格的。一方面，他對布里姬的狡黠貪婪深惡痛絕；另一方面，他又憐惜布里姬的嬌美多情。但在正義和私欲的天秤上，他的砝碼顯然側重前者，他無法違背良知，縱容罪孽。

　　作者描寫了斯佩德對待他的助手阿切爾的態度，雖然著墨不多，但在小說中清晰可辨。斯佩德同阿切爾相處合作的時間不長，阿切爾身上的毛病令他討厭，阿切爾出外辦案罹難後，斯佩德不無感慨地說：「一個人的夥伴被人殺了，他總應該有所表示，不管你對他印象怎麼樣，反正都一樣。他總曾經做過你的夥伴，你應該有所表示。再說我們幹的又是偵探一行。好了，你手下的一個人被人殺了，卻讓兇犯逍遙法外，這事可就糟了。」斯佩德的這個態度頗具豪俠之氣。

　　斯佩德對待刑警機構的警察，採取調侃的、嘲諷的態度，捉弄他們，故意同他們搗蛋。原因是地方檢察官和警察局對斯佩德的非正統的辦案方法抱有懷疑，斯佩德對那些趾高氣揚、自命不凡的草包警察也很反感。這樣，斯佩德除了與罪犯鬥爭外，還要排除警察喋喋不休的干擾。這就使故事增添了緊張氣氛和戲劇性。小說中描寫了這樣一個情節。一次，當斯佩德在臥室內與凱羅和布里姬周旋時，警官鄧迪和探長湯姆聞訊趕來。斯佩德把湯姆擋在門口，就是不讓進。斯佩德嘴唇一掀，露出大牙說：「你們不能進去，你們到底想幹什麼？想進去嗎？要麼在這兒談，要麼滾你們的蛋。」斯佩

德還奉勸他們道：「我希望你們能夠找點別的事幹幹，別老是深更半夜的跑到這兒來，問上一大堆愚蠢透頂的問題。」一席話震住了兩位警官。然而，兩位警官畢竟捕捉到凱羅和布里姬在臥室內打鬧的聲音。斯佩德不情願地讓他們進了門，編了一套捉弄警察的假話，使兩位警官無可奈何，失望地離開。斯佩德這樣做的目的，是維護自己辦案的權利和做人的尊嚴。

漢密特塑造的斯佩德不是萬能的英雄，他具有凡人的弱點和缺點。他在辦案過程中，收受委託人的小費，還討價還價，起初凱羅以五千元賞金要求斯佩德找回黑鷹，斯佩德答應說：「你不是雇我去殺人或者搶劫，只不過是把它弄回來，辦得到的話，儘量用誠實、合法的手段」。可答應後，斯佩德心中又忐忑不安，受到良心的指責。他一個人兀自坐在桌前，皺著眉頭，一動也不動，後來自我開導說：「好啦，反正他們為這事付了錢的」。說罷，從辦公桌抽屜裏拿出一瓶酒來澆愁。在辦案過程中，斯佩德還因貪杯，喝了藥酒而醉倒，被古特曼一夥打得遍體鱗傷。但是，正如斯佩德本人所說的，他不是人們想像中那種見錢眼開的孬種。他不拘小節，跟敵人打交道時好辦些。斯佩德就是這樣一個粗野的、灑脫的、並不完美的硬漢。漢密特賦予主人公獨特的品質和個性，使讀者產生深刻的印象。

2、懸念相對淡化

漢密特偵探小說的硬漢風格，與傳統的偵探小說模式有所不同。傳統的偵探小說著意構造精巧靈妙的情節懸念，透過「延宕」和「拖延」，維持懸念，把讀者引入有無數疑團的迷宮。而漢密特的偵探小說相對來說，情節懸念淡化了一些。漢密特著重描寫偵探本人經歷的驚險事件以及這些經歷所反映的波瀾起伏的現實場

景。漢密特的偵探小說推理因素弱，現實感強。漢密特採用的是「以事帶人」的寫作手法，在敘述事件、描述事態發展的過程中，人物也就一一地帶出，隨著事情的推進，依次地出現在讀者的面前。圍繞著馬爾他之鷹，形形色色的人展開勾心鬥角的爭逐，從而原形畢露，小說的情節也就逐步鋪開。化名溫德利的布里姬小姐出現在小說開頭時，尚未涉及到黑鷹事件。瑟斯比和阿切爾槍殺案的爆發才拉開黑鷹事件的帷幕。凱羅與古特曼的出現，布里姬小姐的失蹤，雅各比船長懷抱黑鷹被人追殺倒斃，使事件逐漸明朗。整個過程的始末是：古特曼派布里姬去君士坦丁堡接受金質黑鷹，而要接受的黑鷹是古特曼叫凱羅從一位俄國將軍那裏偷來的。布里姬和凱羅弄到黑鷹後打算竊為己有，布里姬藉故甩掉凱羅，同保鏢瑟斯比帶著黑鷹到了香港，想獨吞黑鷹。為小心起見，布里姬又把黑鷹交給了「鴿子號」船長雅各比保管，布里姬和瑟斯比乘快船來到舊金山。布里姬怕走漏風聲，決定在雅各比船長到來之前先把瑟斯比除掉。她首先來到阿切爾偵探事務所是別有用心，企圖讓偵探打死瑟斯比，或者瑟斯比打死偵探後被抓進牢房。然而，好色的阿切爾糾纏布里姬，沒有幹掉瑟斯比，瑟斯比也並不打算對付偵探阿切爾，布里姬只得鋌而走險，從瑟斯比那裏盜走了槍，以色情為誘惑打死了偵探阿切爾。此時，凱羅帶著古特曼已追到舊金山尋找布里姬，打死了忠於布里姬的保鏢瑟斯比，接著又槍殺了雅各比船長。然而，這夥人的陰謀詭計沒有得逞，最終被斯佩德偵探一網打盡，連他們角逐的黑鷹原來也不過是俄國將軍玩的花招故意讓人盜去的贗品。馬爾他之鷹事件的因果關係就是這樣。漢密特的《馬爾他之鷹》的結構佈局並不十分嚴謹，趨於鬆散，往往透過人物對話來推動故事發展，整個事件的真面目是斯佩德在同古特曼、布里姬、凱羅一夥人的巧妙周旋中盤問出來的。漢密特的偵探小說雖然不如傳統的

偵探小說結構嚴密，但由於黑鷹事件的神奇和斯佩德偵探個性的獨特，仍能激發讀者的好奇心，使讀者一口氣讀下去。

在情節和人物兩大要素中，漢密特重視人物甚於重視情節。在小說中，漢密特注重刻畫人物。主人公斯佩德的孤傲坦蕩，布里姬的嬌豔詭譎，凱羅的猥瑣鄙俗，古特曼的刁鑽貪婪，警官鄧迪的外強中乾，都躍然紙上。漢密特無意追求多樣的描寫手段，卻使人物顯得飽滿而富於立體感；無意設計曲折的故事情節，卻使作品引人入勝。

3、真實的社會背景

漢密特開拓的「硬漢派」偵探小說比傳統的偵探小說更貼近生活。「硬漢派」偵探小說的環境更細緻、真實，背景已從傳統偵探小說裏的客廳和別墅轉移到貧民窟、賭場、妓院和黑社會。《馬爾他之鷹》中的偵探斯佩德為了跟蹤古特曼一幫盜竊團夥，混入到旅館、碼頭、貧民窟等罪犯出沒的角落。小說透過斯佩德之口對社會的上層階級作了無情的解剖。斯佩德尖銳地指出，多數地方檢察官最關心的就是檔案裏怎麼記載，如果他碰到一件疑難案件，發覺對他不利，他寧肯放手不管。如果他拼湊一些證據，那他寧願放掉五、六個同案犯──因為如果要證明這些罪人都有罪，勢必要把他的案子攪亂。小說中的這些看法簡直入木三分，真實地反映了司法機構的昏聵無能。小說對黑社會內幕的揭露也頗為深刻。古特曼花了十七年功夫搜尋黑鷹，形成一股暴力盜竊集團，不擇手段，窮兇極惡，甚至在發現黑鷹是贗品後，仍不死心，還要重整旗鼓，組織君士坦丁堡探險隊，繼續搜尋，大有破釜沉舟之勢。古特曼的邏輯是，這種價值連城的古玩，「只要誰拿到了它，就算誰的財產」。作者透過

古特曼這夥人，活畫出物欲橫流的西方社會中一些亡命之徒的心態。漢密特採用現實主義創作方法，反映了五光十色的社會生活。

漢密特作為「硬漢派」偵探小說的創始人，一反柯南道爾「福爾摩斯探案」以來的傳統，把這一文學品種同現實生活緊密地聯繫了起來。他筆下的偵探不再是智慧超人的英雄，偵探破案也不僅僅是供讀者消閒解悶的猜謎遊戲。由於漢密特具有比較豐富的生活經歷，熟悉犯罪情況，他的作品能夠較為真實地反映美國的盜匪社會和下層人民生活。正像另一位美國「硬漢派」偵探小說家雷蒙德・錢德勒所評論的：「達許・漢密特不是只提供一具屍體，而是把謀殺還給了有理由要進行謀殺的人。」

（二）錢德勒和他的《長眠不醒》

雷蒙德・錢德勒（1888-1959）是同漢密特齊名的美國「硬漢派」偵探小說家。錢德勒早年從事過多種不同的職業：教師、會計師、經理，還在加拿大步兵團當過士兵。直到錢德勒四十多歲時，由於他經營的小型石油公司在經濟蕭條中倒閉後，他才開始專門撰寫偵探小說。他和漢密特兩人都曾為約瑟夫・肖主編的《黑色假面》雜誌撰稿。使錢德勒成名的是他的長篇偵探小說，從 1939 年發表第一個長篇《長眠不醒》到 1953 年寫成最後一個長篇《永別》，他一共創作了九部長篇偵探小說作品。錢德勒成名的時間比漢密特來得晚，屬於大器晚成的作家。錢德勒張揚漢密特開創的「硬漢派」偵探小說的創作風格，成了「硬漢派」偵探小說流派的驍將。

《長眠不醒》是錢德勒的成名作，體現了錢德勒對社會的敏銳觀察力和獨特的寫作風格，與漢密特的《馬爾他之鷹》一樣，回蕩著「硬漢派」的雄風。

1、有效的人物描寫

錢德勒在《長眠不醒》以及其後的長篇小說中塑造了菲利蒲·馬洛這個私人偵探形象。馬洛偵探以其真實性和獨特性躍入西方偵探小說中的著名偵探形象之列。

錢德勒對菲利蒲·馬洛的描寫是戲劇性的，即透過人物自己的言行，他的思想活動，別人對他的態度和反應來表現的。錢德勒在《長眠不醒》中採用第一人稱敘事視角，這種敘事視角給人以直接感、真實感。

小說開頭，馬洛應邀給身家四百萬的大富翁斯特恩烏德將軍辦案時，是那樣瀟灑，他身材魁梧，西裝革履，表現得彬彬有禮，自我介紹說：「我今年三十三歲，上過大學，如果需要的話，我還能精通英國文學。我幹的這個行業沒有多大意思。我給地方檢察官懷爾德先生當過偵查員。他的偵探長，一個叫伯爾尼·奧爾斯的人給我打電話，告訴我你要見見面。我還沒有結婚，因為我不喜歡女警察做老婆。」這段自我表白，詼諧直爽，就連躺在病榻前的將軍都說他「有一點玩世不恭」的味道。

馬洛出場以後，矛盾衝突立刻就開展了。錢德勒描寫了馬洛在辦案過程中的遭遇，力圖在矛盾和衝突中表現馬洛的硬漢性格。

一方面，馬洛在辦案過程中受到斯特恩烏德將軍家裏兩個不知羞恥的女兒的糾纏。一次，馬洛辦案返回公寓，發現斯特恩烏德的小女兒卡門一絲不掛地躺在他的床上。馬洛覺得比吃了蒼蠅還噁心，責令卡門把衣服穿起來離開房間。卡門厚顏無恥，賴著不走。馬洛嚴肅地對她說：「我可不是怕鄰居呢，他們才不在乎呢。不論哪一所公寓都有不少下流女人鑽進來，就是再多那麼一兩個，這座大樓也不至於晃悠起來。這是關係到我職業的尊嚴問題。你應當明

白──職業的尊嚴。我現在正為你的父親工作。他是一個病人，非常脆弱，非常絕望。他相信我不會對他耍什麼花招。請你把衣服穿上行嗎，卡門？」卡門用極其下流的話辱罵馬洛，馬洛硬是把這個狂野的下流女人驅逐出去。一陣折騰後，馬洛才呼了口氣。對此，小說描述了馬洛此時的心情：

> 我走到窗前，拉開窗簾，把窗子開得大大的。隨著晚風飄進一臉新鮮的甜膩味兒，其中夾雜著汽車和都市的氣息。我用手勾著酒杯，慢慢地飲著。我窗下的公寓大門關上了。寂靜的人行道上傳來腳步聲。不遠的地方一輛汽車發動起來。汽車衝進了夜色裏，離合器咔噠咔噠亂響。我走回床邊低頭看著。她的腦袋枕出的印子還留在枕頭上，那個苗條的、墮落的肉體壓出的印子也還留在床單上。我放下空酒杯，狂怒地把床鋪扯了個亂七八糟。

這段細節描寫，把馬洛內心深處複雜的思想感情反映得淋漓盡致。還有什麼比人的尊嚴受到踐踏後更苦惱的呢？！

另一方面，馬洛在辦案過程中又受到賭場老闆艾迪・邁爾斯為首的黑社會組織的暗算。賭場老闆邁爾斯和檢察官懷爾德串通一氣，威逼馬洛說出雇主的隱情，馬洛坦率地說：「因為我的雇主有權利受到這種保護，除了面對大陪審團我是不會說的。我有私人偵探的執照。我想『私人』這個詞畢竟是有點意義的。」馬洛義正詞嚴，還當面指責警察允許黑社會的人開黑店營業。被揭了老底的檢察官懷爾德嘲笑馬洛作偵探好管閒事，並威嚇道：「你不會為了這點錢就願意把這地方警察局的人惹翻一半兒吧？」馬洛回答：「我不願意這麼幹。但是我又能怎麼樣？我也是在辦案。我不過是出賣我的一點本事來混口飯吃，出賣上帝賜給我的一點點勇氣和智慧，

出賣我經得起受夾板氣的本領，為了保護委託人。如果有必要的話，我還會這麼做。」最後，檢察官懷爾德以吊銷執照相威脅，馬洛理直氣壯地回答：「我還得繼續辦我的案子」。馬洛確實是一條「富貴不能淫，威武不能屈」的硬漢。

由此可見，馬洛雖然表面上玩世不恭，但人品非常正直。馬洛從不阿諛權貴，從不出賣原則，對自己的職業充滿著自尊感，有著獨立的人格。

探案，意味著冒險。馬洛多次出入生死，追蹤躡跡。最危險的一次是，馬洛雨夜駕車探案遭暗算。馬洛的汽車在拐彎時，車胎被歹徒撒的釘子戳破，他只好到路邊一家汽車修理鋪去求助，誰知等候多時的黑社會歹徒卡里諾冷不防把一只車胎猛地套住馬洛，馬洛被這夥歹徒打得昏死過去，被扔到隔壁的板房內。幸虧得到銀髮姑娘艾迪的幫助，馬洛才得以開槍擊斃卡里諾，死裏逃生。作者把馬洛的這次險惡遭遇描寫得驚心動魄，表現了敵我雙方搏鬥時馬洛英勇頑強的硬漢精神。

錢德勒《長眠不醒》中的馬洛與漢密特筆下的斯佩德同屬硬漢型偵探，但馬洛有自己的性格，那就是人格更為注重。馬洛出生入死破案主要不是為錢財（當然他要領取適當的報酬，維持生計），而是為了維護道義。

2、蕪雜的社會環境

犯罪現象是社會病態的標誌，而病態的社會更易滋長種種犯罪現象。錢德勒把視角直接切入現實生活的層面，對病態的社會環境作了令人難忘的透視。

馬洛探案時常深入罪犯出沒的角落，小說詳細描寫了馬洛深入一棟公寓後所見到的「西洋景」：

　　　　大樓裏的詭祕氣氛叫我悄悄從他身邊走過。我找到太平門，把它拉開。消防樓道有一個月沒有打掃過了，流浪漢在裏面睡過覺，吃過飯，丟下滿地的食物殘屑，油污的爛報紙，零碎的火柴頭，還有一個撕碎的空錢包。牆壁上有亂七八糟的塗鴉，一個陰暗角落裏，扔著一個乳白色橡皮避孕套，沒有人理睬，這所大樓可真齊全的！

　　如果說錢德勒對這所大樓進行了靜態的曝光的話，那麼接下來錢德勒對烏煙瘴氣的賭場進行了動態的掃描。馬洛深入賭窟偵探情況，所見的是喧譁與騷動的場景，貪婪垂涎的目光，握著金錢的骯髒的手，賭盤的飛旋以及斯特恩烏德將軍的大女兒薇維安的醜態。馬洛在賭場發現了黑社會組織頭目邁爾斯的祕密。邁爾斯慫恿薇維安賭錢，使她不能自拔，在她輸錢時裝著慷慨解囊相助的派頭借錢給她作賭資，在她贏錢離開賭場後就派蒙面人攔路搶劫她。馬洛看得很清楚，邁爾斯是個無惡不作、狡猾殘酷的惡棍，而這幫歹徒為非作歹更是常常有權勢很高的檢察官作為後台。這就是醜惡的社會現實的寫照。

　　錢德勒還透視了馬洛的委託人斯特恩烏德將軍家裏的死氣沉沉的氛圍。將軍宅邸雖然華麗，但掩飾不住凋零的氣色。將軍本人日薄西山，處於彌留之際，他的兩女兒墮落不堪。大女兒薇維安從小被寵壞，長大後乖戾狠毒，小女兒卡門是個白癡，喜歡從活著的蒼蠅上揪下翅膀來。兩個女兒各自走向地獄的道路，兩個人的道德觀念都不見得比一隻貓多。斯特恩烏德一家人都沒有道德觀念，是腐朽沒落的貴族家庭的一個縮影。

3、「連環套」結構佈局

錢德勒在結構上使用了一種「連環套」的佈局：一個事件引起另一個事件，而各個事件又息息相關，使整個故事曲折複雜，局部懸念歸結到一個總的根源上。

《長眠不醒》就是從菲利蒲・馬洛偵探解決斯特恩烏德將軍家受敲詐的一個小案開始的。將軍在彌留之際，家裏發生一樁怪事，將軍喜歡的女婿魯斯提・雷甘（從前是酒販子，後成為薇維安的第三任丈夫）突然失蹤，又有人寄來三張「借據」敲詐勒索。馬洛應邀來辦案後，又發生了幾起謀殺案：敲詐人蓋格被槍殺，將軍家的汽車司機泰勒駕車墜海，過去曾經對將軍家進行勒索的布羅迪先生剛被人暗殺，瞭解某些情況的流浪漢哈利也被人槍殺在公寓裏。接二連三的謀殺案令人震驚，令人費解。直到一個偶然事情的發生，才使馬洛恍然大悟：雷甘在黃昏的時候，帶著傻女卡門到山下面的老油井那裏教她學射擊，而卡門卻掉轉槍口，打死了昔日拒絕她胡攪蠻纏的姐夫雷甘，雷甘長眠不醒在充滿油垢的深坑之中。卡門闖下大禍後，薇維安和管家瞞著眾人製造了雷甘出走不知去向的謠言，賭窟老闆邁爾斯深知隱情，施行密謀的敲詐，種種犯罪活動由此滋生。這就是問題的關鍵。錢德勒這種「連環套」結構佈局並不嚴謹，卻在散亂的線索中呈現出一個難以逆料的結局，「謎」的破解倉猝而突然，主人公馬洛偵探的行動和冒險事蹟往往比謎底的破解更有意思。

錢德勒和漢密特一樣，揚棄了傳統偵探小說的結構和筆法，創造了一種使廣大讀者耳目一新的風格。

十二、平凡而神奇的麥格雷警長
——「西姆農現象」管窺

在巴黎市街，法國小鎮和鄉村的小火車站之間，有一位戴著寬邊帽子、嘴上總是叼著煙斗，說話嘟嘟囔囔的大塊頭警長。他奔波勞頓，縱橫馳騁，偵破了一系列疑難案件，從而受到公眾的愛戴。這位名聞遐邇的警長，不是別人，正是比利時法語作家喬治・西姆農筆下的麥格雷警長。

喬治・西姆農塑造了一位「平民百姓般的人物」——麥格雷警長。文如其人，西姆農本人也是一個普通的人物。1903 年，他生於比利時的列日，青年時期便開始獨立謀生，作過當地報紙的記者，1922 年，這個不滿二十歲的青年來到巴黎，開始了文學生涯。從三十年代起，他以驚人的速度寫了上百部偵探小說，躋身於西方偵探小說大師的行列。由於他一生中大部分時間寓居法國，因此常常有人把他當成法國作家，法國總統戴高樂曾稱讚西姆農的作品是法蘭西民族財富的一部分。然而，西姆農畢竟是比利時人，1952 年，比利時皇家文學院遴選他為院士。才華橫溢、勤奮多產的西姆農成為世界名人後，仍把自己當作是平凡的人。1972 年宣告退休後，他專心致志撰寫自傳《平凡的人》。1989 年 10 月，西姆農以八十六歲的高齡辭世。這個自稱是平凡的人，卻創造出了不凡的奇蹟。西姆農在偵探小說創作方面取得了引人矚目的成就，被法國評論界譽為「西姆農現象」。

（一）西姆農小說的社會圖景

西姆農的創作題材豐富多彩，包羅萬象。上流社會因墮落造成的犯罪，中產階級向上爬的慘劇，平民階層的不幸遭遇，在西姆農筆下都有栩栩如生的描述和發人深省的叩問。西姆農透過麥格雷警長偵查破案的故事，呈現給讀者一幅幅斑駁陸離的社會畫面。

1、廣闊的祕境

大千世界無論處在混沌的黑暗裏，還是處在光怪陸離的情況下，它總是充滿著神奇的魅力，激起人們的探索和踏勘的欲望。西姆農筆下的麥格雷警長就是這樣一位勇於探索人間祕境的偵探形象。他聲稱必須剗去廣闊祕境中人物和事物的表層，「在各個角落裏搜尋，左聞右嗅，以便最後在護牆板下，在大塊的石頭下，在深色的衣服下，在高傲或陰沉的面孔中找到人類中的禽獸」，這些人類中的禽獸，「為了金錢，為了可鄙的私利就去殺人。」麥格雷警長懷著一種社會責任感和正義感，偵破了形形色色的案件。你看：

一個太太為了維持養尊處優的生活，在丈夫暴死後竟找來一個乞丐頂替，以持續某富翁對亡夫的感恩式的支助（《皮克普斯的簽名》）。

巴葉老太太的外甥、一位有地位的紳士揮霍完自己的錢財後，緊盯著姨母的錢袋，殘忍地勒死了老人，用剛病死的老保姆來魚目混珠。混淆視聽，以達到奪取孤寡姨母家產的目的（《巴葉的老太太》）。

兩個老姐妹在落後閉塞的村寨居住，相濡以沫，由於老妹擅自拿東西給私生子，引起了老姐的不滿和怨恨，老姐殘忍地殺死了老妹，砍傷了自己，製造了假現場（《蠟淚》）。

往日地位高於老闆的雇員，對老闆的買空賣空的行徑大為不滿。苦悶中，設計槍殺了老闆。被捕後，他在牢房懸樑自盡（《敞開的窗戶》）。

一個偽君子騙取了老闆娘的信任，作了乘龍快婿後，把莊園搞得烏煙瘴氣，逼死情敵，逼死女兒，還要加害於兒子。老太太忍無可忍，扣出了復仇的子彈，走向警車（《家醜》）。

棲身在橋洞的乞丐由於目睹了一樁謀殺案，罪犯竟在他熟睡時打昏他，拖到橋上，扔進河心。而這位乞丐原來是多年前離家出走的一位醫生（《麥格雷和乞丐》）。

……

「拜金主義」的衝動帶著人的本能欲望，埋沒在污濁、混沌的世俗之中。西姆農讓麥格雷警長挑破現實的面紗，暴露陽光下的罪惡，在這個意義上，西姆農的偵探小說作品具有批判現實主義的因素。

2、對「小人物」的同情

現實生活中的矛盾鬥爭與淒涼悲慘，貨幣的貶值和不堪入目的紊亂，善良之輩的受難與絕望，美好之物的喪失和損毀，以及遭到充滿敵意者的謀算和攻擊──現實社會中的「小人物」的行蹤所受到的阻力和威脅是多種多樣的。西姆農的作品，給讀者最深的一個印象就是對「小人物」的同情。他作品中的「小人物」，並不都是罪犯，但也不全然無辜。生活境遇的變遷，命運的乖戾和坎坷，使他們經歷著不同的遭遇，甚至走上犯罪的道路。

西姆農早期偵探小說《黃狗》中的水手萊昂是一個命運乖戾的不幸者。他從銀行借了一些錢造了一條「美麗愛瑪號」貨船，從事海運，希冀透過艱辛的勞動還清利息，再和心愛的姑娘愛瑪結婚。

誰知，這個善良而美好的願望竟被三個紈綺子弟擊得粉碎。這三個混蛋串通一氣，讓萊昂遠航運貨到美國。他們在貨物中暗藏走私的可卡因，結果船到紐約就被查獲，船員被送進監獄，萊昂含冤坐牢達數年之久。萊昂出獄後已身無分文，他在美國邊流浪邊打工，湊夠船票錢回國。回國後，萊昂才得知未婚妻愛瑪已成了紈綺子弟的情婦。這是多麼令人心酸的人間悲劇啊！

西姆農在《黃狗》這部偵探小說中描述了上流社會宰割「小人物」的殘酷情景。在深刻的經濟和社會競爭中，一些人過著腦滿腸肥、無所事事的生活，而另一些人則成了犧牲者，陷入悲慘的境地，這種情況使社會矛盾越來越激化，從而產生了無休止的不安。萊昂水手輾轉回到法國後，帶著一條黃狗，赤手空拳，要找那三個給他帶來災難的壞蛋算帳。西姆農安排了一個震驚的故事開端，麥格雷警長破獲了這起複雜的案件。三個壞蛋分別受到法律懲罰。麥格雷警長用車把萊昂和愛瑪送到車站，讓他們自由地尋找新的生活。小說的結尾寫道：「萊昂隨『法蘭塞特號』漁船在北海捕撈鯡魚，他的妻子就要臨產了」。這個結局，不正體現了西姆農「善有善報，惡有惡報」的人文主義理想嗎？

《人命關天》是西姆農的中期偵探小說作品，敘述了一件錯案被麥格雷糾正的故事。小說中的「小人物」厄爾丹是個社會棄兒。他原先待在父母經營的小客店裏，過著平靜的生活，但後來他卻離開了家，來到巴黎，當了個月薪僅有六百法郎的送貨員。生活是夠困苦的，但他卻能逃避現實，使自己生活在幻想之中。他貪婪地閱讀廉價的舊小說，經常跑電影院，腦子裏整天臆想最美好的冒險奇蹟。歹徒拉德克看出厄爾丹的心思，引誘他上圈套，幹了一次「偷竊」的勾當，厄爾丹成了一件凶殺案的替死鬼，被判處死刑。幸虧麥格雷警長發現「厄爾丹案件」有問題：厄爾丹同受害者無冤無仇，

沒有搶劫錢財的意圖。麥格雷重新調查此案，大膽安排死囚厄爾丹越獄潛逃。歷盡艱險，麥格雷抓到了真正的罪犯拉德克，給厄爾丹平反。然而，「厄爾丹的逆境一直沒有轉機。他雖然將繼續生活下去，但永遠保留著那塊傷痕，……在拉德克的受害者中，他的遭遇是最值得同情了。當然還有別人，而且將來仍然會有更多，如果……。」麥格雷對此感慨良深。

西姆農透過「小人物」厄爾丹的不幸遭遇，揭示了這樣一個資本主義社會的現實，一些社會青年在城市無依無靠，陷入困惑狀態，這些人容易接受暴力團夥的引誘。他們不一定是罪犯，但他們的靈魂已被扭曲，糊裏糊塗，麻木不仁。厄爾丹就屬此種人，他在判處死刑後矢口否認殺人，卻又不願道出真相，甚至還癡想拉德克答應營救他的諾言能兌現。無情的鐵窗磨損了他並不堅強的意志，只好含淚痛哭，一切認命。西姆農對這些「小人物」寄寓了深切的同情。

（二）西姆農小說的平實風格

在西方，有許多非常有才華的偵探小說作家在自己一本又一本小說裏創作了同一主人公偵探，把他描寫得有智有謀，神祕莫測，以獲得讀者的青睞。西姆農卻獨闢蹊徑，創造了一個普通的、極其平凡的、有才幹的麥格雷警長。這位主人公的一切——舉止、習慣、愛好、經歷等，一切的一切都使讀者感到親切和熟悉。這是一個真正使人忘不了的人物，個性異常鮮明，外表與心靈一致，讀者可以「看見」他，也可以「摸到」他，他在日常的情境中生活，就像一個和諧的鄰家大叔。

　　西姆農偵探小說的風格是：從平易中見真切。他的作品趨向「散文化」、「日常生活化」、「風俗化」；他筆下的主人公帶有濃厚的人情味，充滿著普通人的豐富的現實感情。

　　《麥格雷警長的耶誕節》這個中篇偵探小說從聖誕老人深夜送洋娃娃勾出了五年前的一椿謀殺案，透過一個對麥格雷暗懷愛慕的老處女的故事，揭露了一個家庭之謎。這部小說在很大程度上體現了西姆農偵探小說的平實的風格。

　　耶誕節那天，馬丁太太讓堂格爾小姐催促著來找麥格雷警長。昨天夜裏，馬丁太太七歲的養女柯萊特睡覺醒來，發現一個戴著白鬍子、穿著紅外衣的聖誕老人潛進了房間，在搜索著什麼。腿部受傷、躺在床上不能動彈的柯萊特吃驚地注視著這位從天而將的聖誕老人。聖誕老人走到小姑娘的床前，給了她一個大洋娃娃，並把手指放在唇上，示意她不要出聲，然後便悄然離去。麥格雷聽了馬丁太太和堂格爾小姐的報告，對生活中這類「童話」饒有興味，問馬丁太太在這套房間裏住了多久，馬丁太太回答說住了五年。很明顯，昨夜有人偷偷進入柯萊特的房間，裝扮成聖誕老人。那麼，此人會是誰呢？馬丁先生出外跑生意了，暫時不會回家，馬丁先生的弟弟、柯萊特的生父保羅潦倒墮落，昨晚露宿於街頭，也不可能幹此事。麥格雷吩咐前來報案的兩位婦人先回去，待會兒他去跟柯萊特談談。麥格雷從柯萊特口中得知確有聖誕老人潛入之事，還瞭解到在這以前有個人兩次神祕地來找過馬丁太太。於是，麥格雷把調查重點放在馬丁太太身上，發現她並不愛馬丁，五年前她曾給珠寶店老闆羅累葉先生作過祕書，而那個羅累葉先生恰好五年前失蹤了。麥格雷加緊攻勢，弄清了事情的始末：當年，羅累葉謀財害命，深知隱情的馬丁太太恐嚇詐騙，支走了羅累葉，中飽私囊。五年後，

畏罪潛逃的羅累葉又潛回來找馬丁太太索取贓物。於是在耶誕節發生了詭奇的一幕。

這部小說的生活氛圍是真實可感的。故事一開始，就為讀者勾勒出一幅巴黎市民歡度耶誕節的風俗圖：麥格雷太太早晨悄悄起身，準備早餐，隨後麥格雷警長也起身、盥洗；窗外是陰霾的天氣，零星飄散的雪花，街頭傳來孩子們的嬉戲聲。故事中間，麥格雷探訪小姑娘柯萊特是那樣和藹可親，儼如慈父。故事結尾，當麥格雷辦完案子回家後，發現妻子在餐室的一張椅子上睡著了，餐桌上留給他的一份飯菜仍然好好擺著。麥格雷太太驚醒過來後，關切地詢問那個可憐的小姑娘柯萊特的情況。這些生活細節描寫在小說中到處可見。小說通篇浸潤著一股生活的溫情。

這部小說對現實生活中的市儈習氣作了針砭。小說中的馬丁太太走上犯罪道路，是由她厭惡貧賤，貪婪吝嗇的變態心理決定的。這個充滿市儈習氣的女人，勾引且慫恿情夫作案，麥格雷一針見血地說：「你保存著這筆錢是因為你一生就是要錢，你不是為了花，只是為了存著，以便讓自己感到安全，感到富有，將來不再過窮日子。」金錢的佔有欲銹蝕了馬丁太太的靈魂，現出勢利的醜行。當她獲悉羅累葉要報復她時，她驚恐萬分，請求麥格雷把她送到警察局給保護起來，麥格雷問她：「那你的丈夫呢？」馬丁太太回答：「那個傻瓜？我才不管他呢！」麥格雷又問：「柯萊特呢？」馬丁太太聳聳肩。西姆農把這個自私自利的女人刻畫得惟妙惟肖。

西姆農中小說中截取生活的橫斷面，描寫了人物的行動、語言、心理，寫得具體形象，細膩真切。

（三）《麥格雷的煙斗》的結構技巧

在西姆農眾多的偵探小說作品中，筆者特地挑選出《麥格雷的煙斗》這部短篇小說，予以解剖。在筆者看來，這部小說的結構完整、謹嚴，獨具特色。

結構是作家藝術構思的體現。作家是從自己對於現實理解出發選擇題材、安排材料的。西姆農在《麥格雷的煙斗》中把煙斗的失落與後來發生的複雜案件聯繫起來，把煙斗的去向與疑案的偵破進程聯繫起來，構成一個玲瓏剔透、曲徑通幽的故事結構。

1、煙斗失落的「前因」

麥格雷警長丟掉一隻「稍微有點彎度，歐石南根做的大煙斗」。煙斗的丟失，使麥格雷寢食不安，因為這根煙斗非同尋常，是妻子十年前送給他的生日禮物。他最喜歡使用它，總帶在身邊，親昵地管叫它「我的老好煙斗」。他斷定是在辦公室丟失的，而這又同他在值班時勒魯瓦太太來報案一事有關。勒魯瓦太太報告說，近三個月來，有人趁她不在家時來過她家，屋裏屋外有陌生男人的腳印，令人不解的是房間裏的東西未動過。勒魯瓦太太鄭重其事地稟報麥格雷警長，而麥格雷發現與她同來的兒子約瑟夫顯然對報案不以為然，嗔怪母親。麥格雷對生活中的這類瑣事和這類脾氣孤僻的女人有所瞭解，囑咐了她幾句，就給打發走了。隨後，麥格雷便發現自己的煙斗不見了，翻箱倒櫃，仍未找到。麥格雷推測，很可能是勒魯瓦太太的兒子約瑟夫所為。這就是麥格雷的煙斗丟失的「前因」。

2、煙斗失落的「後果」

在故事中，麥格雷煙斗的失落只不過是水中投下一粒石子激起的漣漪，接著發生的事件，便是「山雨欲來風滿樓」了。第二天，勒魯瓦太太急衝衝地來報案說：兒子昨夜失蹤。麥格雷這才發覺事情不妙，於是立案偵查。麥格雷從勒魯瓦太太住所找到兩個有用的線索：一是這裏曾經居住過一位名叫布勒斯坦的旅行推銷員，住了不久就不辭而別，杳無音訊；二是找到了幾封約瑟夫瞞著母親與女友約會的信件。麥格雷循著這兩個線索追查，證實了兩個問題：一是調查到一位名叫布勒斯坦的人在某飯店被殺，而凶殺的日期跟曾在勒魯瓦太太家裏住宿過的布勒斯坦失蹤的時間吻合；二是從約瑟夫的女朋友瑪蒂爾特口中瞭解到約瑟夫最近的思想情緒。麥格雷掌握了這些材料後，對案件的內情有所領悟，他所要做的十萬火急的事情是應家屬要求尋人。終於在郊外的一家飯店裏找到失蹤的約瑟夫，並且捉拿到當年殺害布勒斯坦、而今又追殺約瑟夫的罪犯尼考拉。麥格雷找到了約瑟夫，也就找到了失落的煙斗。原來約瑟夫偷了麥格雷的煙斗，這個小夥子以為嘴裏叼著麥格雷的煙斗就能破案。那天晚上，他跟蹤潛入他家的罪犯尼考拉，反遭罪犯追殺，差一點丟了性命。麥格雷煙斗的失落，引出一件疑案，救出一位青年。這就是麥格雷煙斗失落的「前因後果」。

《麥格雷的煙斗》以煙斗的失落到回歸為一條主線，串聯起約瑟夫失蹤和尼考拉作案這兩條線索，情節曲折，跌宕起伏，宛轉伸延，起到扣人心弦之效。《麥格雷的煙斗》的結構方式如圖所示：

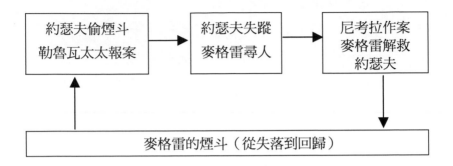

這種結構，不僅要求情節設計精巧，而且要求人物和事件關係相互銜接，因果逆進。西姆農努力揭示各現象之間的隱祕聯繫，組成了這部作品的有機、完美結構。這種從小處落筆的結構方法，還使小說產生一種濃郁的生活氣息和特有的生活真實感。

（四）「西姆農現象」的幾點總結

西姆農的偵探小說從三十年代起就蜚聲文壇，法國當代著名作家、諾貝爾文學獎獲得者安‧紀德曾經指出：「西姆農是二十世紀最優秀的作家之一，……應該把他的作品列入真正的文學範疇」。西姆農的偵探小說作品，文風樸實，內容嚴肅，推理嚴謹，格調大大高於當時及後來許多內容荒誕、低級趣味的通俗作品。西姆農筆下的關於麥格雷警長探案的系列偵探小說，對讀者來說，是非常親切和可貴的。西姆農在全世界擁有廣大的讀者，他的作品被譯成幾十種語言，流傳各國，經久不衰。1966 年 9 月 3 日，在荷蘭（他另一祖先的故土）的德爾夫齊爾港──西姆農第一次寫下麥格雷警長的地方，豎起一尊麥格雷的銅像。這尊銅像是西姆農享譽世界的文學生涯的永久紀念。

總結「西姆農現象」，我們可以確認西姆農在偵探小說史上的特色和貢獻。

1、塑造了敦厚可親、極富人情味的麥格雷警長的形象

在西方偵探小說史上，西姆農創造出令人難忘的麥格雷形象，而且他把特殊生活的兩個方面（平凡的和英雄的方面）描繪的那麼完整，西姆農在探索人類心裏方面是那麼深入。西姆農作品中的每個環節都洋溢著一種普普通通的，或者換句話說，為公眾所能理解的情感：惋惜、同情、不安、興奮、恐懼。西姆農對麥格雷形象的塑造是成功的，讀者在「頭戴寬邊帽、嘴上總是叼著煙斗、說話嘟嘟囔囔的大塊頭警長」身上，看到的是富有人性魅力的人物形象。這也許就是西姆農的偵探小說深受讀者歡迎的主要原因。

2、著重剖析犯罪的原因，而不僅僅關心誰犯了罪

偵探小說的情節總離不開回答三個主要的、神聖的問題：是「誰？」、「如何？」和「為什麼？」作案。面對第二和第三個問題的解答，最終會導致對第一個即主要問題的回答──「誰？」傳統的偵探小說在揭示「誰？」作案的謎底方面一般都寫的很有特色，但在回答「為什麼？」這個問題上一般都寫的平庸、表面、枯燥。而西姆農在創作中彌補了傳統偵探小說的不足之處，著重剖析犯罪的原因。麥格雷在破案的過程中總是，「置身於」所設想的罪犯之中，力求從內部探索促使他們作案的動機和原因。從人的行為、從心裏上分析和找出社會原因，是西姆農偵探小說的特色。因而，他的每一部偵探小說幾乎都是一部犯罪心理的研究。

3、偵探小說技巧同現實主義手法結合起來

西姆農善於精雕細琢，耽思旁訊，「籠天地於形內，挫萬物於筆端」，把偵探小說的技巧同現實主義手法結合得天衣無縫。過去的偵探小說家只是以驚人的懸念構擬故事，想像力豐富，卻帶有明顯的斧鑿痕跡，人物和主題存在著濃厚的浪漫傳奇色彩。西姆農在作品中不是簡單地描述驚險的情節、駭人的場面，而是按照生活的本來面目反映生活，把對環境的描繪和人物的刻畫結合起來，揭示出現實生活的真實畫面。因而，體現在西姆農作品中的一個特徵是，灑脫而不失其凝渾，豐富而不失其精粹。

十三、寓意深妙　文思渾厚
——杜倫馬特偵探小說的美學意蘊

　　二十世紀的偵探小說在過去的溪流和正在形成的大潮之間奔湧，一時構成千舟競發、百舸爭流的局面。瑞士當代著名作家杜倫馬特銳意進取，遠邁時流，以寓意深妙、文思渾厚的佳作而獨佔西方當代偵探小說創作之鼇頭。

　　這位瑞士當代最重要的小說家、戲劇家於 1921 年生於伯爾尼附近的一個牧師家庭。他曾在蘇黎世和伯爾尼學習文學、哲學和自然科學，後來在蘇黎世《世界周報》擔任編輯，1947年後成為專業作家。杜倫馬特的主要成就在戲劇方面。從他的第一個劇本《已經寫下》（1947）到 1971 年出版的《行星的蹤跡》，共發表了各種形式的劇作三十餘種，其中《老婦還鄉》（1952）、《物理學家》（1956）等代表作奠定了作者在當代西方文壇上的地位。

　　除了戲劇，杜倫馬特的獨特成就突出地體現在偵探小說的創作上。杜倫馬特發表過三部偵探小說《法官和他的劊子手》（1952）、《嫌疑》（1953）、《諾言》（1958）。有的學者把杜倫馬特的短篇小說《拋錨》（1956）列入偵探小說作品，但是缺乏充分的理由。據說，杜倫馬特的前兩部偵探小說是應人之約寫作的。難道它們是偶爾為之的作品嗎？顯然不是！風格獨特的杜倫馬特本人也確實有興趣從事刑事案件上的探索。杜倫馬特曾著文認為，反映犯罪問題是研究現代社會唯一有效的方法，而偵探小說是最好的文藝形式。在這種思想指導下，他創作了為數不多卻不同凡響的偵探小說作品。他的兩部最重要的偵探小說《法官和他的劊子手》和《諾言》

出自他五十年代創作的鼎盛期，決非偶然。杜倫馬特在偵探小說方面的出類拔萃，似乎說明了這樣一句西方格言：機遇偏愛那些有準備的頭腦。

（一）《法官和他的劊子手》的獨創性

《法官和他的劊子手》創作於 1952 年，最初連載於《瑞士觀察家》雜誌上，杜倫馬特的這部作品，出手不凡，贏得了人們的廣泛好評。

這是一部內容上有豐富、深刻的社會意義，藝術上富有獨創性的偵探小說。故事梗概是，伯爾尼警察局一個名叫烏利希·施密特的少尉被人殺害，負責調查此案的是偵探長貝爾拉赫和他臨時要來的助手錢茨。錢茨肯定兇手是一個叫加斯特曼的人，因為此人是一個罪行累累的大惡棍，勢力很大，眾人對他無可奈何。然而貝爾拉赫在偵破過程中卻逐漸發現兇手並非加斯特曼，而是錢茨。貝爾拉赫不動聲色地一步步把錢茨逼得走投無路，利用他急於嫁禍於人的心理去殺死加斯特曼。正當錢茨如釋重負，以為自己的殺人罪行已被永遠掩蓋的時候，貝爾拉赫卻當面揭穿了事件的全部真相。錢茨被貝爾拉赫放走後，他的精神和良心受到很大的壓力，終於自殺。

初看起來，《法官和他的劊子手》與以前的偵探小說家的作品並無不同之處。例如，以謀殺案揭開懸念，用各種辦法來激發和加深讀者的好奇心，把讀者的猜想引到錯誤的對象（加斯特曼）上去，經過發現與陡轉，最後的結局出人意料。而且，真正的罪犯是一個參與破案的助手，這在艾勒里·昆恩的《古希臘棺材之謎》中就有充分的體現。這種情節設計不能不說是反映了偵探小說創作的一般特點。

　　如此說來，《法官和他的劊子手》不是毫無新意了嗎？然而，只要我們撇開表面現象，就會發現這部作品的內部湧動著一股不同於一般的偵探小說的潛流。

1、具有深度的偵探形象

　　小說的主要人物是貝爾拉赫探長。在性格的塑造上，在雄渾之美的追求上，杜倫馬特採用了令人歎服的大師手筆，刻畫了這位有深度的偵探形象。

　　貝爾拉赫探長是一位富有正義感的刑事學專家，小說中提到他曾經當過德國法蘭克福市的警察局長，1933年希特勒上台時，他因「賞給當時德國新政府的一個高級官員一記耳光」之後，受到開除的處分，回到了祖國瑞士。施密特少尉謀殺案發生的時候，貝爾拉赫探長已年邁力衰，又正受著不治之疾（胃癌）的殘酷折磨，似乎早已失去了一個偵探長應有的精明幹練。其實，歲月的流逝、病情的加劇，並沒有帶走他銳利的眼光，精確的分析力和頑強不屈的意志。相反，卻在衰弱的體內躍動著強旺的生命活力。他聲稱：「我是一隻巨大的老黑貓，喜歡抓老鼠」。犯罪行為是他所不能容忍的，他要像破解一個個謎語一樣偵破一切犯罪案件。施密特的罹難，不啻一聲驚雷炸響在他的頭頂，因為事先毫無可疑的跡象表明探長的這位得意門生會遭此厄運。探長的新助手錢茨提出了許多可供追查的線索，使老人大為驚訝。按照錢茨提供的方案偵察，他們立即找到了嫌疑犯，一個神通廣大的大惡棍加斯特曼。貝爾拉赫不因加斯特曼是自己恨之入骨的大惡棍，又完全可能幹出殺害施密特的罪行，就不加冷靜地分析全部事態，排除其他的可能性。錢茨一個勁地要把注意力引到加斯特曼身上，富有經驗和智慧的老探長將計就計。貝爾拉赫和錢茨去加斯特曼家偵查時，加斯特曼養的一條惡狗

猛撲過來，貝爾拉赫竟能在這千鈞一髮的危急關頭，想出誘使錢茨向惡狗射擊的計謀。貝爾拉赫假裝被狗抓傷，趁錢茨不備，搶在錢茨前面取出射在狗身上的彈頭，用來和兇手殺害施密特所用的子彈一比較，就證實了他對錢茨的懷疑。

按照傳統的偵探小說模式，既然兇手已經查實，故事可以收場了。然而，杜倫馬特卻沒有戛然而止，而是再接再厲，深化情節，深化人物性格。偵破進程尚未結束，杜倫馬特還要讓貝爾拉赫探長百尺竿頭，再進一步。貝爾拉赫雖然證據在握，卻不急於破案，他要了卻一樁心事，打算用錢茨來殺死宿敵加斯特曼。四十多年前還在土耳其的時候，他就認識了加斯特曼。當時貝爾拉赫是個青年警察專家，加斯特曼是個到處流浪的冒險家。他們曾激烈地爭論過。貝爾拉赫認為大多數犯罪行為必然會被揭露，加斯特曼卻認為「極大多數的犯罪行為不僅沒有受到懲罰，而且也沒有被人料到」。為了證明自己的看法，三天之後，加斯特曼竟在光天化日下，當著貝爾拉赫的面，把在橋上偶然相遇的一個德國商人推下水。不善游泳的貝爾拉赫為了救起這位受害者差一點被淹死。加斯特曼故意犯下一樁罪行，而貝爾拉赫提供他犯罪的證據最終無效，所以加斯特曼雖然被捕，法律卻失效，審了很久，全無用處。法庭只好根據加斯特曼的辯白，宣佈那位商人是自殺了事。此後，加斯特曼成了越來越可怕的犯罪者。他始終像幽靈一樣地出現在貝爾拉赫的發展道路上，在貝爾拉赫的鼻子底下幹出大量駭人聽聞的罪行。「他半輩子都在追蹤加斯特曼」，但對方總比他先走一步。貝爾拉赫慢慢年老了，又是重病纏身，醫生已經告訴他只能再活一年，他只好把最後的希望寄託在年輕的施密特身上。他讓施密特祕密監視加斯特曼，施密特確實搜集到加斯特曼的大量罪證，眼看大功告成，但是錢茨嫉妒施密特的才能、成果、位置，又想奪走他的女朋友，暗殺了施

密特，這就完全打亂了貝爾拉赫的部署。他不得不重新直接和加斯特曼較量。

　　杜倫馬特在小說中描寫了善與惡的激烈交鋒、人性與獸性的嚴重衝突，充分展現了主人公貝爾拉赫沉著、無畏的性格特徵，表現出一種雄渾之美。

　　支持正義的貝爾拉赫探長同邪惡勢力的衝突達到十分尖銳的地步。敵人視貝爾拉赫為最大的障礙，緊逼迫害。加斯特曼不但派人擾亂施密特的葬禮，而且公然闖進貝爾拉赫的住所，惡語相加，臨走時還搶走施密特生前記載其罪行的文書夾。接著有人深夜進入貝爾拉赫的住宅襲擊他，他從第一秒鐘起就知道這次襲擊的目的，是為了取得施密特所搜集的關於加斯特曼的材料，因此襲擊者又必然是錢茨，因為錢茨需要這份材料，需要人們注意加斯特曼這個大惡棍，以免人們把注意力偏離後者。

　　面對強大的敵人，貝爾拉赫大義凜然，孤軍作戰。警察局頭頭路茲膽小怕事，屈服於加斯特曼的淫威，不僅撒手不管，反而轉過來對貝爾拉赫施加壓力，更使貝爾拉赫陷於不利的境地。然而，滄海橫流方顯英雄本色。貝爾拉赫猶如日暮行雨的蒼龍，不斷奮擊。他對敵鬥爭，不但勇敢，而且很有謀略。敵強我弱，他不便公開對抗，只能採取法律以外的特殊手段將罪犯繩之以法。他非常巧妙地一步步把錢茨逼到絕望、非理性的頂點，然後「借刀殺人」，以達到一箭雙雕的目的。他動身去森林地帶休息，乘出租汽車去火車站，陷入了加斯特曼的圈套，登上了他的汽車，加斯特曼發出最後通牒，威脅說下一次將殺死他。貝爾拉赫不畏強暴，正告這個大惡棍：「你不可能殺死我。……我現在審判你，加斯特曼，我現在判你死刑。你將不會活過今天。我選中的劊子手今天就要來找你。他將殺死你……」。果然預言應驗，迫不及待的錢茨擅自找上門去的

時候，加斯特曼的僕人立即向他開槍，這樣，錢茨就非開槍打死加斯特曼不可了。整個破案過程都是老人設下的圈套，目的使錢茨充當劊子手。老探長一箭雙雕，既抓住了殺人兇手，又借他的手殺了法律不能加以懲處的大罪犯。

杜倫馬特的這部小說，以施密特的暗殺為契機展開跌宕起伏的故事情節。錢茨成為劊子手和老探長不得不自己承擔法官職責的曲折過程，形成小說的兩大主要藝術構思。貝爾拉赫本來僅是一個偵探長，卻不得不讓自己坐上法官寶座，他本來無須操心如何執行死刑，卻不得不親自安排一個並非劊子手的劊子手。這是貝爾拉赫的悲劇，更是貝爾拉赫所生活的社會的悲劇。這就是小說的深刻的社會意義所在，從而也使小說具有一種現實主義的力量。

2、不落窠臼的故事結局

杜倫馬特偵探小說的結尾處理，不落窠臼，寫得遒勁有力，酣暢淋漓，改變了傳統偵探小說結尾筆法的圓適和疲軟，達到了爐火純青的境界。

小說結尾，當老探長貝爾拉赫與自以為得意的錢茨最後一次相會時，小說也就進入了戲劇性的高潮。

人物的命運與偵破的進程緊密相連。警察局頭頭路茲認為錢茨既找到了謀殺施密特的兇手，又揭發出更重大的潛藏罪行，決定下令嘉獎。就在這一天，貝爾拉赫宴請錢茨，慶賀他的「勝利」。貝爾拉赫坐在餐桌前，面對錢茨，狼吞虎嚥吃東西，「像是一個永遠填不飽的妖怪」。錢茨發抖了，感到貝爾拉赫平時的病容是裝著騙人的，「他明白自己陷入了一個狡猾的圈套」，「冷汗從毛孔裏沁出來，恐怖以越來越強有力的魔爪攫住了他」。貝爾拉赫以堅決而平靜的聲音揭穿了一切祕密。最後：

　　錢茨暈眩了。他渾身冰冷。「您讓我和加斯特曼像野獸一樣搏鬥！」

　　「野獸對野獸」，從安樂椅那邊傳來另一個人無情的聲音。

　　「於是你成為法官，而我是劊子手」，另一個人喘息著說。

　　「正是如此，」老人回答說。

　　「而我，我僅僅是執行了你的意志，不管自己願意不願意，我現在已是一個罪犯，一個受追捕的人！」

　　錢茨站起身，用不受妨礙的右手猛敲著桌面。只有一支蠟燭還亮著。錢茨用燃燒的眼睛在黑暗中辨認老人的輪廓，但是只能看見一個不實在的黑影。他作了一個無把握的、試探性的動作把手伸進外衣口袋。

　　「算了吧，」他聽見老人說，「毫無意思，路茲知道你在我這裏，而且女僕們現在還都在屋子裏呢。」

　　「是的，這毫無意思，」錢茨輕聲回答。

　　「施密特案件已經了結，」老人的聲音穿透黑暗的房間傳來。「我不會告發你。但是走開吧！不管去哪兒都行！我永遠不想再看見你。我判決了一個已經夠了。走吧！走吧！」

　　錢茨垂下頭，慢慢走到外面，消失在黑夜中，大門關上了，稍過片刻一輛汽車從門口駛過，蠟燭熄滅了，還最後一次以刺目的火光照亮了雙目緊閉的老人。

　　這個「最後的晚餐」式的場面，老探長貝爾拉赫和錢茨兩人的表情都很豐富，層層疊進，節奏緊湊，戲劇效果強烈，而且，人物的每一句對話，都把他們的性格揭示得淋漓盡致，使讀者在語言動作所體現的心理衝突中能深刻地感受到兩個人物在碰撞。貝爾拉赫憑著堅忍的毅力和沉著，戰勝了強壯而狡猾的對手。貝爾拉赫放走

錢茨，決不是放虎歸山，因為此時的錢茨已成為老人的階下囚，成了一條打斷脊梁的癩皮狗。

　　小說結尾的精彩之處，還在於作者交代了人物的悲劇命運。錢茨被貝爾拉赫放走後，精神崩潰，駕車自殺。而貝爾拉赫取得勝利後，他的生命只剩下一年。這種結尾給貝爾拉赫這個不屈的鬥士罩上了一層濃厚的悲劇色彩，同時也使讀者在驚心動魄的鬥爭面前對正義的力量、高尚的精神肅然起敬。

（二）《諾言》的美學意蘊

　　如果說《法官和他的劊子手》的結局帶有濃厚的悲劇色彩的話，那麼《諾言》則完全是一齣催人淚下的悲劇。作品突出反映了主持正義的馬泰依探長由天才變成瘋子這樣一種令人震驚的社會現象。

　　《諾言》是杜倫馬特探索社會問題的傑作。杜倫馬特在為《諾言》第一版所寫的後記中說，1957 年，作者應友人之約創作一部蹂躪幼女的性變態問題的電影劇本，當時猥褻幼女事件已成為一個社會問題，聽了朋友敘述一樁罪案的經過，杜倫馬特自感有責任寫一寫這個問題，便創作了電影劇本《發生在光天化日之下》。電影問世後，杜倫馬特還覺得意猶未盡，對這個頗有教育意義的題材進一步加工，於 1958 年完成《諾言》這部驚世之作。

1、宏大的悲劇主旨

　　《諾言》描寫了馬泰依探長銳意破案，反遭困厄的悲劇故事。小說別出心裁地以第一人稱（作家）來敘述第三者（警察局長）所敘述的故事，冰天雪地的瑞士景色和沉重的故事內容互相呼應，形成小說特殊的悲劇氣氛。

故事開始，主人公馬泰依探長正處在事業頂峰，並即將赴約旦擔任警務專家。馬泰依辦事認真，生性孤僻，不嗜煙酒，潔身自好，這個「警壇奇才」令人感到冷酷無情，大家背後叫他「死心眼的馬泰依」。在馬泰依啟程前夕出了一件人命案子，一個七、八歲的小姑娘在村邊被人用剃刀慘殺。嫌疑犯是途經該村的一個小商販馮‧龔登，此人過去曾犯強姦婦女罪，在警方嚴厲審訊下，這個嫌疑犯當天自認罪名後上吊而死。警方認為可以結案，受害人家屬也表示滿意，但是馬泰依探長卻認為兇手另有其人，因為近年內同樣的用剃刀慘殺小姑娘案件已在附近地區接連發生過兩起，均未破案，這第三宗肯定是前兩次案件的繼續，而自殺而死的嫌疑犯除去供詞外，別無罪證，連兇器也無影無蹤。馬泰依已辦離職手續，對這一懷疑也無可奈何，但是當他剛要登上飛機去約旦的一剎那，看見一大群來參觀機場的活潑可愛的小學生時，又臨時改變主意，決定留下。馬泰依看出孩子們還處在危險之中，而警方卻認為他無中生有而不予合作。由於馬泰依在蘇黎世警察局已經辦理了離職手續，所以他此後只能單獨追蹤兇手。馬泰依首先假設這是一樁性變態誘發的殺人案，他去請教了一位精神病專家，確認自己的假設完全正確。接著他又從釣魚遊戲中悟出如何誘魚咬鈎的竅門，便佈置下圈套，等待兇手落網。他自費搬進一個加油站，又雇傭一個聲名狼藉的婦女海勒當管家，只因為她的小女兒安妮瑪麗同被害的小姑娘長得十分相像。馬泰依對兇手的情況一點也不瞭解，不能主動搜索他，只能準備好另一個對象，一個小姑娘，用她來作釣餌。幾個月後，小姑娘果然和以往三位小姑娘出事前一樣交上了一個神祕的魔術師，那人餽贈她許多巧克力球作禮物。馬泰依相信兇手已經近在咫尺，急忙去警察局求援，他們守候在小姑娘單獨遊戲的場地四周，但是兇手竟沒有來。小姑娘的母親知道了馬泰依雇傭她的真正

目的後，和馬泰依發生齟齬，使他的處境更為困難，但是他別無退路。如此日復一日，年復一年，許多年過去了，無望的期待和別人對他「怪癖」的誤解，終於使馬泰依變成了一個瘋子，坐在路旁等待不會來臨的兇手。

故事結尾處，案情有了急劇的變化，警察局長從一個作死前懺悔的貴婦人施羅德太太口中知道真正的兇手是她那心理變態的丈夫，由於汽車出事才沒有釀成第四次人命案。事實證明馬泰依的推論完全正確，卻已無濟於事，誰也不能把瘋癲的馬泰依再轉變為正常人。

《諾言》超越了傳統偵探小說的模式。故事開端令人興奮的犯人伏法，原來只是一個引子，用以強調以後的悲劇性。警察局引以為豪的「徹夜審訊」，其結果適得其反，兇手逍遙法外，而無辜者含冤而死；為了拯救孩子，伸張正義，馬泰依探長堅持不懈的努力，被誤解為不近情理的固執，落了個破案不成，身敗名裂的下場。小說結尾關於一樁謀殺案的謎底才揭開，證明馬泰依推理的準確性，但悲劇結局已無可挽回，悲劇的寓意因此而變得顯豁確定。

一般的偵探小說的結尾是矛盾的完滿解決，杜倫馬特認為這是不真實的。《諾言》中故事敘述人（前任警察局長）曾向「我」（一個寫作偵探小說的作家）議論到偵探小說：「當政治家把事情搞得這麼糟的時候，人們只能指望警察局至少懂得如何維持社會上的秩序，我自己也設想不出有什麼比這稍好一些的希望。令人感到討厭的是所有的罪犯都會得到應有的懲罰。因為我看編造這些美麗的故事純粹是道德上的需要。它們和別的有助於鞏固國家的謊言一樣有用，就像那句虔誠的格言，說什麼『惡有惡報』，其實人們只需觀察一下周圍的社會，便可以發現這句話是沒有道理的。」這番議論，無疑代表了杜倫馬特的偵探小說觀念。杜倫馬特力圖把偵探小說從

陳舊的藝術公式中解放出來，擯棄所有惡人都會受到法律懲罰一類的說法，創作出全新的、真實的偵探小說。

在《諾言》中，杜倫馬特沒有杜撰詩一樣的甜美境界，也沒有描寫大團圓的結局。他只寫了一個沉悶得令人窒息的悲劇故事，「世界上最悲慘的，莫過於看到一個天才在某種不可理喻的事上摔了跟斗」，杜倫馬特透過馬泰依探長的悲慘命運反映了十分深廣的社會現實問題，因而具有強烈的道德力量和現實主義力度。

２、悲劇情境的渲染

《諾言》這部偵探小說的主人公馬泰依探長是一個塑造得極為成功的悲劇形象。小說所呈示的悲劇情境催人淚下，撼人心靈。

馬泰依悲劇的觸發點是梅根村小姑娘葛利特麗的慘案，它改變了馬泰依的生活歷程，成為他一生的轉捩點。從小說的描寫中我們得知，馬泰依之所以放棄約旦之行、採取了導致自己陷入困境的行動，是因為有這樣幾個具體動因。其一，是馬泰依曾以他的人格作擔保發誓過要找出兇手；其二，是在他去機場的路上順路去梅根村逗留了一下，那兒有許多孩子，在飛機場，他又看見了許多兒童，考慮到孩子們處在危險之中，他有責任保護孩子，防範類似犯罪行為的發生；其三，是相信那個小販是無罪的。馬泰依有顆剛正耿直的良心，這種良心可以說是一種內在的神異之聲和警覺之音，也可以說是社會的道德、正義的權威在馬泰依身上的內在表現。

正義的必然要求與這個要求的受阻之間構成悲劇性的衝突，馬泰依探長處境艱難、險惡。他的頂頭上司警察局長勸他打消主意，別再翻這本老帳，並以不予理睬和概不負責為要挾。他的同事漢齊輕易相信小販的供詞，就不再考慮這件事還可能有其他的解釋，為此跟他「吵了一架」。梅根村村民們，尤其是村長堅決懇請在「兇

手」死後，「不希望警察局還派人到他們的村子裏來瞎搗亂。在這場大動亂以後，應該讓事情平靜下來」，村長還揚言，如果馬泰依再來，他就要放狗把馬泰依趕出村子去。精神病大夫洛赫爾教授在給馬泰依解釋兇手的性格時作了種種推測，引出一系列無把握的假設，「由於對自己的這種敢說敢道感到恐懼」，他讓馬泰依放棄執拗的「幻想」。後來坦露真相的兇手的妻子在自己丈夫再次犯罪後，還自我安慰說：「阿爾伯特是個好人，是一個心地善良的好小夥子，而且，同樣的事情反正是再也不會發生了。」她為了顧全面子使事實真相湮沒了十多年，斷送了馬泰依的一生。還有馬泰依生活周圍其他許多人對他的行動的納悶和誤解。馬泰依探長就處在這些陰影之下，處在對抗力量的交匯點上。

小說作者把馬泰依放在特殊的嚴峻場合，磨練他的意志，揭示他的執拗性格。馬泰依對兇手掌握的僅有線索就是被害的小姑娘生前留下的一張塗鴉而成的圖畫。唯一能做的事，就是抓著這個線索順藤摸瓜。他根據畫中的像一座山似的巨人，推想出兇手的形貌；根據畫中的刺蝟，推測出是兇手送給小姑娘的巧克力球；根據畫中的一隻有奇異犄角的動物，推算出兇手的籍貫。他把童話式的圖畫變成了可感知的破案線索。儘管他手頭的線索少得可憐，但他在腦子裏不斷地醞釀著肇事者的形象。他堅信兇手遲早會露面的。為了捕捉兇手，他費盡心思，利用小姑娘安妮瑪麗在加油站作釣餌。望眼欲穿的期待是一種痛苦的煎熬：

> 秋天來臨。鄉野變成了一片紅色與藍色，景致卻分外清晰，彷彿是在一面巨大的放大鏡下似的。馬泰依覺得一個絕好的機會溜過去了。可是他還是繼續等待著，頑強地、專心致志地等待著。小姑娘走著去上學，馬泰依在中午和傍晚常

常去接她，讓她坐自己的汽車回家，他的計劃一天比一天地顯得沒有意義，顯得沒有希望了。獲勝的機會越來越淡薄了。他自己也知道得很清楚。他琢磨，那個兇手準是經常路過他的加油站——也許每天都經過，至少是一個星期一次；可是仍然是什麼也沒有發生，他仍然是在黑暗中摸索；他仍然沒有掌握任何一點線索，連一點點暗示和跡象都沒有。什麼都沒見到，除了開車的人來來往往，偶爾和小姑娘閒扯幾句，講上幾句無傷大雅的、沒有什麼意思的、捉摸不定的話。他們之中誰是他要找的那個人呢？

馬泰依依然堅持下去，等待著，等待著，終於有一天，黑暗王國中露出一線光亮。小姑娘放學後不想回家，在樹林裏等待一個魔術師。馬泰依相信兇手已上鉤。可是他卻落空了，最後的等待成了「輕舉妄動」。馬泰依的命運每況愈下，他變成了一位半瘋的老頭。對此，小說作者對馬泰依的悲劇情境再次作了渲染。

　　暮色降臨了，接著是黑夜來到。他已經變得什麼都無所謂了。他坐在那兒，抽煙，等待，再等待，頑強地，執拗地，有時候也輕輕地自言自語，在懇求他的敵人（連他自己也不明白這是怎麼回事）：來吧，來吧，來吧，來吧。他一動不動，坐在乳白色的月光下，突然之間沉入了睡鄉，拂曉時分又凍又僵地醒來，然後爬上床去。

這是一種多麼悲慨的情境！這使筆者想起中國唐代文論家司空圖《二十四詩品》中描述的「悲慨」的意蘊：「大風卷水，林木為摧，適苦若死，招憩不來。百歲如流，富貴冷灰，大道日喪，若為雄才。壯士拂劍，浩然彌哀，蕭蕭落葉，漏雨蒼苔。」用司空圖的這番「悲慨」描述，來形容馬泰依的悲劇情境，倒是很適切的。

馬泰依明知兇手存在，卻難以抓獲，這是一個壯士最大的悲哀。壯士的生命就在這對抗力量的交匯點上燃燒。馬泰依伸張正義的願望與困惑的現實之間存在著巨大的差異，表現出悲愴的特質。面對殘酷的現實，馬泰依仍然等待搏擊。他是黑色大洋中的一片綠島，他是漫漫長夜中的一炬烽火，儘管環境險惡，依然挺立，依然閃耀。

杜倫馬特描繪出的馬泰依的悲劇情境，酷似美國作家海明威《老人與海》的意境。《老人與海》寫一個老漁夫駕著一葉扁舟，孤零零地到茫茫大海捕魚，八十四天過去了，歷盡千辛萬苦，一無所獲，後來好不容易捕到一條，卻被鯊魚吃掉，他失敗而歸。在《老人與海》裏，海明威顯然在歌頌老漁夫超乎尋常的毅力和非凡堅韌的決心，同時，又感到勝利的渺茫。馬泰依就屬於這種「海明威式」的硬漢，孤獨而倔強，面對一個殘忍而任性的世界，憑著信念生活，保持尊嚴，保持人格，毫不妥協。杜倫馬特在偵探小說中成功地揭示了馬泰依探長形象的那種感人至深的內在悲劇性。

《諾言》的副標題是「偵探小說的安魂曲」，似乎說明作者寫作此書時便已有心結束這一創作形式。筆者認為，《諾言》這部小說是杜倫馬特的絕唱之作，在某種程度上也是當代西方偵探小說創作的里程碑。

十四、風靡全球的文苑奇葩
──偵探小說轟動效應探析

　　偵探小說在十九世紀下半葉至二十世紀中葉成為突出的文學樣式，成為作家和讀者交際最多的文學品種之一。一些熱心於偵探小說的讀者未必能知道普魯斯特、托馬斯·曼、德萊塞、托馬斯·哈代，但他們卻熟悉柯南道爾、阿嘉莎·克莉絲蒂、艾勒里·昆恩、西姆農，熟悉這些偵探小說家筆下的福爾摩斯、白羅、艾勒里·昆恩、麥格雷。這種情況好像一個對高中課本的學習很木訥和遲鈍的少年，卻能如數家珍地報出一串電影明星（甚至那些明星在哪部電影中扮演過什麼角色都一清二楚）。偵探小說以它特有的魔力吸引越來越多的讀者。

　　一個多世紀以來，偵探小說作家如雨後春筍，拔地而起，甚至一些從事嚴肅文學創作的人也不時在偵探小說方面小試筆墨。英國大文豪狄更斯晚年醉心於情節緊張的驚險故事，他的未完成的《埃德溫·德魯德之謎》帶有濃厚的偵探小說色彩；美國著名作家傑克·倫敦生前寫了大半，因去世而中斷、未能完成的長篇小說《暗殺局》（或稱《暗殺有限公司》），也是一本具有驚險性和推理性的偵探小說。這兩位文學大師晚年對偵探小說的染指，是否說明他們文思的游離？抑或標幟他們創作的詭奇？這一切都值得人們思索。筆者認為，這些文學大師之所以對偵探小說創作感興趣，是因為他們在寫嚴肅文學作品之餘，試圖用偵探小說這種特殊的文學樣式，表達他們用其他方式不能表達的藝術構思。

　　世界上還有一些著名的文學大師，儘管本人沒有寫過偵探小說，卻對偵探小說作家推崇備至，大加讚譽。英國劇作家蕭伯納稱

愛倫坡是美國「兩個偉大的作家之一」（另一位作家是馬克‧吐溫）。法國著名作家紀德稱西姆農是「所有作家中最偉大的作家，文學界最名副其實的作家。」美國作家辛克萊和劉易斯也對「硬漢派」偵探小說漢密特的才華嘖嘖稱頌，非常佩服。看來，像愛倫坡、西姆農、漢密特這些偵探小說作家能得到文壇巨匠的推崇，說明偵探小說作家的智慧結構並不低下。

百餘年來，偵探小說這種文學形式盛行不衰，普及到世界每個文明的國度。那麼，導致偵探小說產生如此轟動效應的原因何在？

（一）社會文化因素的圈定

造成偵探小說異常盛行的原因是多方面的，其中一個原因是，偵探小說是市民文學，它最先是在高度發達的國家裏產生的。它的讀者首先是城市居民，他們對城市裏面發生的駭人聽聞的案件很關注，他們想急切瞭解生活環境內的敵人和保護著。因為犯罪現象正是在城市裏猖獗起來的，而且猖獗的犯罪活動已經成為市民社會一個越來越突出的社會問題。這類尖銳、敏感、潛藏很深的問題理所當然反映到文學作品中來。偵探小說既能從這些特殊生活中獲取豐富的題材，又能得到社會的關注。因而，社會存在決定了偵探小說家們的題材取向，而偵探小說是對生活的特殊剪裁。

偵探小說的扶搖直上，同當時的文化背景不無關係。十九世紀末至二十世紀初，西方文學創作中純心理主義傾向迅速發展。現代主義文學的共同傾向是對現代文明面臨危機的困惑。對內心世界和無意識的開掘，使現代派作家追求內向性、象徵性和荒誕性，在藝術手法上進行了種種試驗。然而，一些「先鋒文學」、「新潮文學」不免顯得「曲高和寡」。現代派文學作品中的自由聯想、時序倒置、

內心獨白等意識流手法的運用，使一些讀者莫名其妙，特別是一些作家對「故事」的蔑視，對「無主題」、「無情節」、「反小說」的崇拜，使他們失去了很大一部分群眾，「今天的嚴肅小說家往往沒有什麼故事可講，他們的確已經相信了別人所說的，在他們所從事的藝術中，敘述故事與否，無關緊要。這樣他們就把他們作品中對我們共同的人性最具有吸引力的東西拋棄了，⋯⋯如果說偵探小說作家搶走了他們的讀者，那麼他們只能怪自己。」（毛姆《偵探小說漫談》）相比之下，偵探小說富於故事情節，通俗易懂，更能為不同層次的廣大讀者所接受。偵探小說就是在純文學作家標新立異所造成的「曲高和寡」情形下，發揮自身的優勢，網羅了大批讀者。

偵探小說的盛行，還和文學的商業化有很大的關係。由於版稅法日臻完善，英美出版界競爭相當激烈，書籍的銷路與作者的收益之間的關係越來越密切。出版界樂於出銷售量大的暢銷書，作家也願意成為暢銷書作家，以增加版稅收入，腰纏萬貫。在西方，偵探小說是暢銷書中的暢銷書，銷售量極大，充斥書市。文學商業化易使文學創作沾上鄙俗氣，然而，即使是商業文學，在文化史上也不應被忽視，我們從一部商業性的小說的成就中，多少可以瞭解大眾的社會心理和欣賞趣味。一些有識見的評論家已經看出，後世如要全面理解瞬間萬變的當代社會，恐怕不得不鑽到通俗讀物堆裏去進行研究。

文學有自己的運行過程和規律。法國波爾多文學社會學派的代表人物羅貝爾·埃斯卡皮認為文學有一套機構，「作為機構，文學包括生產、市場和消費」。埃斯卡皮把文學看作是一個過程，看作與整個社會生產過程相關聯的系統。這種看法全面地揭示了文學的本質。按照埃斯卡皮的觀點，我們在這裏不妨繪製一幅偵探小說的大眾傳播示意圖：

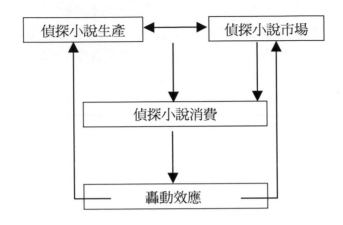

從圖中可以看出，偵探小說生產、市場和消費形成一個有機的系統，互為作用。需要指出的是，圖中的偵探小說消費是指讀者閱讀的情形，而轟動效應是指偵探小說文本的可讀性與讀者的趣味愛好相結合所產生的閱讀效果。

總之，社會文化因素對偵探小說發展的影響很大，是決定偵探小說走向（生成和轉換）的一股力。

（二）讀者心理和閱讀目的

人在感知外界事物過程中，總有一種不可違拗的不斷擴大視野和知覺的要求。偵探小說的盛行同人的這種本體欲望密切相關。

偵探小說擁有龐大的讀者群，不只是對文化修養低的讀者（能識文斷字）有吸引力，而且對最有修養的人也具有吸引力。可以列出許多酷愛閱讀偵探小說的政治家、科學家的名字。例如，美國前總統羅斯福在入主白宮之前，就愛讀福爾摩斯探案故事，當他聽說柯南道爾要來美國訪問時，他急切地詢問柯南道爾什麼時候抵達，

在什麼地方能與柯南道爾見面，顯出一副迫不及待的神情。大科學家愛因斯坦對偵探小說也很感興趣，業餘時間常常找來幾本推理嚴謹的偵探小說閱讀消遣。不同文化層次、不同職業的人們大多愛好閱讀偵探小說，那麼，他們的閱讀動機又是什麼呢？

讀者閱讀偵探小說的動機無外乎兩個。一是獲取見聞，成為見多識廣的人。這是最起碼的閱讀目的。讀者富有想像力地進入偵探小說的境界時，偵探小說使讀者擴大了經驗，並使讀者對於自我遭遇的情況有所領悟。偵探小說為讀者提供了五光十色的特殊生活的視鏡，讀者能從中認識罪犯的詭計多端，認識偵探智破疑案的本領，這些都使讀者大開眼界。二是娛樂、助興和逃避喧囂的現實。在緊張的工商社會，閱讀偵探小說的最直接的理由是，可當作情緒的寄託，苦悶的轉移，心神的暫時麻醉。在一天繁忙緊張的工作之餘，在沉悶單調的車廂之角，偵探小說往往被讀者拿出來閱讀，消遣娛樂。

閱讀動機是由讀者心理驅使的，心理學家認為人的本性中具有「窺探欲」、「獵奇癖」、和「期待心」。由於偵探小說提供了「好奇型」的娛樂和消遣，不斷暗示出一種人們想要「知道」的東西，所以它能滿足人們的某種好奇心。倘若我們對好奇心的內在構成略作剖析，可以發覺它含著幾個方面的特點。首先，好奇心在被激發之前，人的內心已經潛存著對某一事物的興趣，這一事物對他來說往往處於模糊的「半知」狀態，於是這有限的半知就策動他，力圖探明對他來說是前所未聞的東西。其次，人們的好奇心還指向不可能的幻覺和幻想，因為人性中始終暗含著對不可解現象的神往。偵探小說能勾起人們對日常生活以外的特殊生活的好奇心，使人們在一個虛構的想像世界中與書中懲惡揚善的神探漫遊。好奇心是一個動態的過程，最終隨著偵探故事的昭明而緩解、而恍然，伴隨它的只

有不斷的推度和猜測。人們總是用已知的東西和未知的東西連結起來，以此擴大自己的經驗和感知。

閱讀動機和讀者心理深藏在人的本體欲望之中，人的本體欲望對偵探小說發展的影響是毋庸置疑的。

（三）精巧靈妙的懸念──推理結構

懸念是偵探小說最重要的創作技巧，它像西天的晚霞，波譎雲幻，變幻不定；又象一枝魔杖，顯示出無窮的景象。懸念是吸引讀者的不可缺少的要素，作家透過這種藝術手法，把讀者的思緒「懸」了起來，從而產生猜疑、緊張、渴望、揣測、不安、期待、歡快等一系列的心理狀態，並使之持續與伸延，以達到必欲釋疑團而尋根究底的效果。

偵探小說是一種被編織成密碼而又必須破譯的資訊系統，也是一種令人愉快而滿意的結構。從作者方面看，偵探小說作品的結構是作家根據豐富的生活構擬的精巧靈妙的「黑箱」，這類作品一般都寫得佈局巧妙、情節緊張，具有形式的美。從讀者方面看，精巧的結構是產生美感的根源之一。在人們的心理感受之前存有一種潛在的、待發的機制，偵探小說精巧的結構激起人們複雜的心理活動。偵探小說透過偵查、推理過程給讀者以智慧上的享受，說它是一種高尚的智力遊戲也未嘗不可，說它是一種趣味數學也不過分。

偵探小說的情節包含著豐富的懸念，運用懸念使故事波瀾起伏，迴旋跌宕，張弛有致，由淺入深，增加了故事情節引人入勝的魅力。讀者在層層相因的藝術懸念之中，急切地關注主人公命運的變化。隨著一個懸念的解除，讀者的注意力又被導向另一個懸念，直至究出個水落石出方得罷休。而偵探小說作家為了加強懸念效

果，常常採用「抑制」、「拖延」、「急事緩寫」的方法，在看似平緩的描述中間充滿緊張、急迫的氣氛，讀者在緩緩的筆墨中充分體味這種緊張的心理感受。

精巧靈妙的懸念結構，精采絕倫的推理藝術，是偵探小說產生轟動效應的重要原因。

總而言之，導致偵探小說產生轟動效應，有這樣三股力，即社會文化因素的圈定、人的本體欲望的影響和懸念──推理藝術的作用。

法國著名哲學家和文學家讓・保羅・薩特在《文學是什麼？》一文中精闢地闡述了作品與讀者之間的關係。他說：「文學客體是一只奇異的陀螺，只有在運動中顯出其本色。為了使文學出現，必須具有一種具體的行為，它就叫做閱讀，而且文學只能隨著這種閱讀的延續而延續。除去這一條，紙上就只留著黑色的汙跡。」偵探小說產生的轟動效應不就說明它是一只奇異的陀螺嗎？

附錄一：

西方偵探小說在近代中國的傳播

　　濫觴於近代西方的偵探小說這一文學樣式也漂洋過海，把觸鬚伸進近代中國，撩起了中國讀者的興趣。當時的中國文化界像接受其他外國東西一樣，接納了偵探小說這一文苑奇葩，進行了譯介、研究和類比。

（一）偵探小說的翻譯

　　西方偵探小說在中國最早的傳播歷史要追溯到晚清梁啟超主編的《時務報》上刊登的〈繼父誆女破案〉、〈呵爾唔斯輯案被戕〉，（英）柯南道爾著，張坤德譯，時在 1897 年。自此，西方偵探小說這朵異葩便開始風行神州。時人歡迎西洋「機警活潑」的偵探小說，報刊等傳播媒介紛紛介紹，以招徠讀者。〈小說林〉社、商務印書館等出版機構曾推出不少譯述的偵探小說，如《聶卡格脫探案》、《貝克偵探談》、《多那文探案》、《偵探之敵》等。據晚清小說評論家徐念慈統計，小說林社出版的書，銷路最好的是偵探小說，約占總銷量的十之七八。晚清作家吳研人也不無憂慮地慨歎：「近日所譯偵探案，不知凡幾，充塞坊間，而猶有不足以應購求者之慮。」（《中國偵探案‧弁言》）。

　　在西方偵探小說作家和作品當中，被中國介紹最多的，是柯南道爾的《福爾摩斯探案》。光緒二十五年（1899 年），由上海時務報館翻譯、上海素隱書屋出版的《新譯包探案》，是最早的譯本，

它收有《福爾摩斯探案》中的五篇作品。1906年，上海商務印書館出版了該館編譯所譯述的《華生包探案》。1908年，上海商務印書館又出版了林紓、魏易翻譯的《歇洛克奇案開場》。1912年，中華書局出版了嚴獨鶴、劉半農、陳霆銳和程小青等譯述的《福爾摩斯探案全集》，雖然號稱「全集」，其實不全，因為當時英國的柯南道爾尚在世，尚在創作。1927年，程小青翻譯出版了白話文版的《福爾摩斯探案集》。除此之外，由法國作家勒布朗創作的《亞森羅平探案》，在中國讀者中也受歡迎。1933年，上海大東書局出版了周瘦鵑編譯的《短篇亞森羅蘋案》。三十年代，中國文藝界有人評論道：「吾國人無不喜歡讀福爾摩斯亞森羅蘋之書者。然福爾摩斯不過一偵探耳，雖技工，奴隸於不平等之法律，而專為資本家之獵狗，則轉不如亞森羅蘋以其熱腸俠骨，衝決網羅，剪除兇殘，使彼神奸巨慝，不能因法律之屏蔽而消遙也。」看來，讀者偏愛亞森羅蘋的「衝決網羅，剪除兇殘」的大無畏的鬥志。

其他一些西方偵探小說家的作品也被譯介到中國來。程小青翻譯了美國偵探小說家范達痕的《斐洛士探案》十一集；程小青翻譯了美國偵探小說家厄爾・德爾・畢格斯的陳查理探案（《幕後祕密》、《百樂門血案》、《夜光錶》、《黑駱駝》等四篇）；程小青還翻譯了英國偵探小說家查特利斯的聖徒奇案。周瘦鵑譯了英國作家華雷斯的偵探小說集，林俊千翻譯了美國偵探小說家賈德諾的梅森探案（《假眼睛》和《玉腿奇案》）。在偵探小說翻譯方面用力甚勤的程小青（1893-1976）還編輯過一套三卷本的《世界名家偵探小說集》，搜羅了他本人及他人翻譯的西方偵探小說名家的作品。

在近代的中國，掀起了一股譯介西方偵探小說的熱潮。僅據阿英《晚清小說目》所統計，在辛亥革命前十來年時間內，中國共出版了六百餘種翻譯小說，其中占比例最大的就是偵探小說，因而，

阿英在《晚清小說史》中說：「如果說當時翻譯小說有千種，翻譯偵探要占五百部上。」而出版發行這些偵探小說作品的機構，大多集中在「十里洋場」的上海灘。

（二）偵探小說的研究

隨著西方偵探小說的翻譯，於是便出現了對這一文學樣式的零星的研究。

林紓和劉半農都曾對所翻譯的福爾摩斯探案中的福爾摩斯這個偵探形象進行了評點和闡述。然而，對西方偵探小說有較為全面認識和研究的，是中國著名的偵探小說翻譯家兼作家程小青先生。

程小青在〈偵探小說的多方面〉這篇論文中，表達了他對西方偵探小說的研究的心得。在這篇論文中，他首先梳理了西方偵探小說的演變線索。他在肯定美國的愛倫坡是西方偵探小說的鼻祖後，說：「在偵探小說上努力的作家也不算少，除了美國的坡以外，英國的柯林斯，美國的喀德鱗德林，和英國的柯南道爾、瑪利遜、福禮門，法國的勒勃郎等，都有相當的努力。」在這些偵探小說家中，程小青認為：「柯南道爾的努力最大，成就最偉。他的《福爾摩斯探案》，自從一八八七年第一篇《血字的研究》出版以後，四十多年來，先後創作了長短六十篇之多。不但福爾摩斯的名字不脛而走遍了全世界，而偵探小說的名目，也因此而得到了更普遍的認識和更確實的成立。所以我們就認柯南道爾集了偵探小說的大成，也不為過。在最近時期，足以繼承柯南道爾的功績而在偵探小說史上增添光榮紀錄的，有英國的瓦拉斯、開司登，美國的范達恩等，而范達思的作品，更足以風靡一時，因為他的《斐洛士探案》，細膩緊

湊，玄妙的想像，生動的描寫足以出人頭地，並且他的文筆又非常優美，除了處處都含科學的原理外，又把最新流行的行為心理學和美學等等，引用進去。因此，他的作品委實有後來居上之**趨勢**，同時使一般人對於偵探小說的歧視和成見，也消失了不少。所以范達恩在偵探小說界上，真可算是一位繼往開來的元勳。」程小青接著在論文中論述了偵探小說的創作技巧，關於自敘體的利用，取材和命名，結尾和開端等。

〈偵探小說的多方面〉是一篇有見地的研究論文，體現了程小青在偵探小說理論方面的造詣。此外，程小青還在《談偵探小說》等文章中論述了偵探小說的文學價值和偵探小說的功利觀。程小青在當時屬於為偵探小說爭文學地位而搖旗吶喊的人，他對國外的偵探小說的歷史和偵探小說介紹到中國來的進程，以及中國偵探小說草創期和發展期，瞭如指掌。透過翻譯和創作，他對偵探小說的技法，都言之有理，持之有據。

另外，值得一提的是，俞天憤在《中國偵探談》一書中，也闡發了一些偵探小說的理論。

（三）向偵探小說的借鑒

在晚清文壇上，最走紅的外國小說人物中，一是福爾摩斯，一是茶花女（瑪格麗特），而前者更有影響。

西方偵探小說的翻譯和傳播，使這個時期的主要作家罕有不關心偵探小說的。例如，周桂笙、徐念慈、林紓、包天笑等都譯過偵探小說。吳趼人、劉鶚等人的作品明顯受偵探小說影響。

《福爾摩斯探案集》等西方偵探小說幫助了晚清小說家掌握了文學創作的倒裝手法。吳研人借鑒了偵探小說《毒蛇圈》，創作了

頗為像樣的偵探小說《九命奇冤》；劉鶚在《二十年目睹之怪現狀》的批語中，點出九死一生「竟類是個偵探」（十三回），三十三回則「直可當偵探案讀」；劉鶚借白公之口，稱老殘為「福爾摩斯」（《老殘遊記》十八回）。在晚清小說家中，真正熟練掌握並有效地運用西方偵探小說倒裝敘述技巧的，大概也只有吳研人和劉鶚。《二十年目睹之怪現狀》第八十七至第一〇六回敘苟才之死，《老殘遊記》第十五至二十回敘老殘破齊東村十三人命案，都借用倒裝敘述技巧，不斷製造懸念，不斷推進情節，把現在的故事和過去的故事糾合在一起，借助發現的程序，逐步展現早已過去的故事全貌，其佈局之嚴謹非傳統連貫敘述的小說可比。

吳研人、劉鶚這些晚清譴責小說作家從西方偵探小說那裏借鑒了一些敘事手法，而程小青、孫了紅等偵探小說作家則在二十世紀初的一、二十年代裏，借鑒了西方偵探小說的創作模式，分別創作了《霍桑探案》和《東方魯平奇案》。

在近代中西文化的碰撞中，世界文化（包括通俗文藝，例如偵探小說之類）走向中國，中國文壇的一些作家借鑒和運用外來的某些表現技巧和手法，豐富自己的創作實踐，是不足為怪的，也是富有成效的。

（四）偵探小說的創作

在近代，中國不但掀起了一股譯介西方偵探小說的熱潮，而且還出現了類比和仿效的創作活動。

1922 年，在蘇州成立了一個旨在播布通俗文藝的社團——「星社」。成員有陸澹安、孫了紅、姚蘇鳳、趙苕狂、范煙橋、程小青、鄭逸梅、顧明道等人。「星社」持續十多年，成員發展到幾十人，

多半是蘇滬一帶的文人雅士。這些人文化修養較高，對偵探小說抱有特別的興趣，展開了大量的譯介和創作活動。

「星社」這個通俗文學團體的成員以及其他地區的作家，嘗試創作了一批中國自己的偵探小說。這裏有俞天憤的《中國偵探案》，陸澹安的《李飛探案》，朱狷的《楊芷芳探案》，張碧梧的《宋梧奇探案》，趙苕狂的《胡閑探案》，孫了紅的《東方魯平奇案》等等。當時的《申報》主筆陳冷血和當時的北京大學教授劉半農除譯述過偵探小說外，還在《中華》、《小說界》上發表過數篇偵探小說。

但是，這些作家都是「乘興而作，興盡而止」。興致所至，靈感襲來，便杜撰一通，然而他們都是淺嘗輒止，隨後便「洗手不幹」了。把偵探小說作為畢生努力的目標且取得成功的作家，當推程小青先生。

程小青執著於偵探小說園地上辛勤耕耘，他在翻譯、理論和創作方面均取得了相當的成就。二、三十年代，程小青曾給上海世界書局主編《偵探世界》、《新偵探》等偵探小說期刊，他本人更是孜孜以求，筆耕不輟，創作了在當時富有影響的《霍桑探案》。

程小青對於偵探小說的濃厚興趣和認真態度，簡直令人驚異。他從 1914 年至 1945 年的三十多年中，以鍥而不捨的頑強精神，幾乎把全部心血用來澆灌偵探小說這塊新的園地。為了豐富有關偵探小說的知識，他不但研究過美國學者韋爾斯的《偵探小說技藝論》等專著，而且廣泛涉獵過偵探學和罪犯的心理學。1924 年，他更考取美國某大學的函授生，專門進修偵探學和罪犯心理學，他對寫作偵探小說尤其一絲不苟。每當動筆之前，「必繪一圖表，由甲點至乙點，乙點至丙點，曲折之如何，終點之奚在，非經再三研求，不肯輕易落筆」。（鄭逸梅《程小青》）他在這方面的造詣，恰好有一椿趣事可以作為注腳。據說程小青有一輛代步的自行車，一日忽失

竊。有人在報上發表了一篇滑稽文章，挖苦說，大名鼎鼎的偵探霍桑，居然被小偷盜走了自行車；豈不是與專門捉鬼的鍾馗，竟被小鬼作弄一樣滑稽嗎？程小青非常生氣，便親自加以偵探，不僅使自行車完璧歸趙，更重要的是顯示了他的偵探才能和知識，使他的《霍桑探案》更為風行。

程小青寫的第一篇「霍桑探案」的偵探小說，是發表在 1912 年《快活林》副刊上的〈燈光人影〉。自此，便一發而不可收拾，創作了以霍桑為主角的系列偵探小說作品。出版發行的有，《霍桑探案叢刊》、《霍桑探案叢刊二集》、《霍桑探案叢刊三集》和《霍桑探案叢刊外集》，共七、八十篇，凡三百萬言。程小青不愧為近代中國偵探小說的大家。

《霍桑探案》的最大成就，在於它塑造了一個私家偵探霍桑的藝術形象。程小青創作的霍桑探案，模仿英國柯南道爾的《福爾摩斯探案》，而以中國社會為背景，霍桑和助手包朗嫉惡如仇，扶困抑強，解決了一系列疑案。霍桑確實具有福爾摩斯一樣非凡的智慧和勇敢精神。他沉著冷靜，目光敏銳，尤其善於邏輯推理，能夠見微知著，舉一反三，由表及裏，由此及彼，並善於運用科學手段，諸如腳印、手印的核查，血液、頭髮的化驗等等。因此無論罪犯如何狡猾，案情如何複雜，一經霍桑之手，無不真相大白。他又有過人的勇敢精神，常常孤身深入虎穴。但他不作無謂冒險，必定胸有成竹，然後毅然行動。因而有險無危，安然無恙。在這些方面，霍桑酷似福爾摩斯。

程小青的創作動機是嚴肅的。他既反對描寫超人式的英雄，又不渲染色情與暴力。從正義感出發，他將霍桑作為一個智慧的化身。一方面，程小青是一位認真的、正派的偵探小說家；另一方面，他也是一位模仿多於創造的偵探小說家。他在整體上模仿福爾摩斯

的大框架，霍桑和包朗的關係就脫胎於福爾摩斯與華生的搭配；但在局部中卻發揮了一定的創造性。在若干具體案情中，也匠心獨運。因而，程小青塑造的大偵探，曾轟動一時。他的成就勝過當時的同行，他被譽為「中國的柯南道爾」。五十年代後，程小青雖也創作了幾篇偵探小說，但質量與影響已不如從前。是程小青不適應變化了的環境，還是他本人「江郎才盡」？此種問題值得人們思索。

需要說明的是，近代中國的偵探小說創作並不繁盛，比較突出能給讀者較深印象的，就只有程小青等少數幾位作家，而且他們的創作大多是在外國同類作品的影響籠罩之下模仿而作的，流行的偵探小說仍以翻譯的為多。

（五）幾點反思性的總結

近代以降的中國，在偵探小說這個特殊的文學領域裏與外國潮流相呼應，譯介、研究、創作偵探小說一時蔚然成風。偵探小說何以得到國人如此這般頂禮膜拜呢？有這樣幾個原因值得注意。

其一，西方偵探小說是在晚清文網鬆弛、口岸開放與租界區形成的歷史情況下，隨著其他「洋貨」（物質的和文化的）引進中國的。一方面是清代公案小說的流行為偵探小說的輸入作了很好的鋪墊，以福爾摩斯來比包公、施公或彭公，當然不難發現前者更精巧、更科學、更能體現現代社會的守法律重人權。另一方面，偵探小說的確有它獨特的藝術魅力，能夠吸引善於鑒賞情節、聽故事的中國讀者。雖然起初翻譯的種數不太多，發行量卻很驚人。

其二，西方偵探小說在近代中國文化界的推崇下形成一個書籍市場。當時在上海的租界及其附近的蘇州，有一幫文人鼓吹和模擬。以創作偵探小說為主的通俗文藝團體的星社成員，播布偵探小

說的目的，是以求在文壇上「開一席之地。」這些文人，或為「舊派」文人，或被稱為「鴛鴦蝴蝶派」成員，專門注意冷僻園地，把目光盯住新文學主潮所顧及不到的方面，著力張揚，從事招徠讀者群的通俗文藝工作。而且，他們不以譯介和創作偵探小說為卑俗之事，而是把它當作一項很切要的工作。他們播布偵探小說的目的，一方面是希冀「喚醒好奇，啟發理智」（程小青語），另一方面也不乏文藝商品化的考慮。由於後來戰亂的頻繁和時局的變化，這些文人才銷聲匿跡。

其三，西方偵探小說在一定程度是滿足當時中國人全面學習西方的要求，林紓的一段話就很有代表性：「近年讀上海諸君子所譯包探諸案，則大喜，驚贊其用心之仁。果使此書風行，俾朝之司刑者，知變計而用律師包探，且廣立學堂，以毓律師包探之材，……下民無訟師及隸役之患，或重睹清明之日，則小說之功，寧不偉哉！」（《神樞鬼藏錄序》）。

其四，西方偵探小說在敘事模式和手法方面，也確實對中國近代的小說創作有借鑒和參考作用。吳趼人、劉鶚運用西方偵探小說的倒敘方法，提高了晚清譴責小說的寫作技巧水平。程小青以外國偵探小說為參照系，在偵探小說園地辛勤耕耘，終於結出了豐碩的果實，使他成為中國當之無愧的偵探小說的奠基人和佼佼者。

基於上述原因，西方偵探小說在近代以後的中國得到譯介和播布。無可否認，在譯介過程中，因良莠分辨不夠明晰，裏挾了一些黃色偵探小說作品（以渲染盜劫、凶殺、姦淫種種作奸犯科的罪行為能事）。然而，畢竟不多。譯介和播布的主要傾向是嚴肅和純正的。偵探小說這朵奇葩播布在近代以後的中國，這是一種值得研究的文化現象。

附錄二：

西方漢學家高羅佩對中國公案小說的革新

在近、現代中西文化的碰撞中，世界文化走向中國，中國文化也逐漸走向世界，因為「任何文明的文化模式都利用了一種潛在的人類目的和動機大弧上的一定的斷面，任何文化都利用了某些選擇過的物質技術和文化特質」（本尼迪克：《文化模式》）。一些獨具慧眼的西方學者對古老的中國的歷史文化遺產表現出極大的興趣，尋求跨越中西文化的橋樑。荷蘭的漢學家高羅佩就是這樣一個手持鑊頭，辛勤發掘中國歷史文化遺產的「洋人」。他潛心鑽研，探跡索隱，於二十世紀五、六十年代創作出以中國唐代清官狄仁傑為模特兒的系列斷案故事——《狄公探案集》。高羅佩撰寫的古老中國奇人奇案的故事，深受西方讀者的歡迎。八十年代初，陳來元、胡明翻譯成中文的《狄公探案選》，也受到中國讀者的歡迎。

高羅佩，原名羅伯特・梵・古利克（1910-1967），他是荷蘭聞名世界的漢學家、作家和外交家。他自幼酷愛漢學，又在中國當過外交官，故以他原姓名的近似譯音為自己取了一個中國名字——高羅佩。高羅佩精通中、英、日、梵等十幾種外國語言文字，對漢學的造詣尤深。他不但擅長中國書法、繪畫，而且會作中國格律詩，還寫過許多漢學研究的學術文章和專著。高羅佩於太平洋戰爭期間開始接觸中國通俗小說，特別對中國公案小說產生了濃厚的興趣。幾年之後，他翻譯出版了《武則天四大奇案》一書（實際是只翻譯了該書的第一部分，即前三十回）。自五十年代初起，他又幾乎用去外交公務以外的全部業餘時間創作了一百三十萬言的《狄公探案

集》，全書共十六篇《迷宮案》、《銅鍾記》、《黃金案》、《湖濱案》、《鐵釘案》、《御珠案》、《四漆屏》、《黑狐狸》、《斷指記》、《柳園圖》、《朝雲觀》、《紫光寺》、《玉珠串》、《廣州案》、《紅閣子》及《短篇集》。

《狄公探案集》取材甚廣（取材於中國古代法家書、小說筆記、民間傳說），是一部嚴肅的中國通俗小說，其內容涉及到中國古代的司法、刑律、吏治、行政、軍事、外交、工商、教育、文化、宗教、風俗、民情等各個方面。同時，在創作意識、創作技巧和創作風格上揉進了不少西方的、現代的東西。這是《狄公探案集》博得西方和中國讀者歡迎的原因所在。

在這裏，筆者以高羅佩《狄公探案集》中的《迷宮案》為例，檢視一下高羅佩的創作成果，簡要說明其創作特色。

（一）古老國度奇人奇案的摹繪

高羅佩是以中國唐代的歷史人物狄仁傑為原型進行創作的。狄仁傑是唐代著名政治家，宵衣旰食，弔民伐罪，政績顯赫，據《舊唐書》八十五卷《狄仁傑列傳》中載：「仁傑，儀鳳中為大理丞，周歲斷滯獄一萬七千人，無冤訴者。」狄仁傑一生當過判佐、法曹、縣令、司馬、判吏、郎中、內史、御史、巡撫、都督、元帥、宰相（當時稱「同鳳閣鸞台平章事」），死後還追封為司空、梁國公。高羅佩根據這個歷史題材，展開藝術想像和虛構，創造出一個偵探式的中國清官狄公的人物形象。

《迷宮案》寫的是這樣一個故事。狄仁傑出任西北邊陲蘭坊縣令時，遇到一樁樁無不蹊蹺的奇案。狄仁傑剛正不阿，明察秋毫，秉公斷案，終於案情大白，使那些殺人兇犯落入法網。

《迷宮案》，顧名思義，是指霧失樓台，月迷津渡的疑難案件。高羅佩在小說中摹繪了三件各有特色的迷案。

其一，是丁虎國遇刺案。辭職隱退於蘭坊縣城的丁虎國將軍在府中慶賀六十壽辰，午夜宴畢，由兒子丁偉送到書房，關緊門窗才離去。誰知第二天一早，管家去請丁將軍用膳時，敲門不應。府內眾人擔心老人家夜間突然染病，便用大斧破門而入。進門一瞧，丁將軍癱伏於書案之上，咽喉外有微型匕首一把，刀鋒已插進了嗓門，老人早已咽氣。新任縣令狄仁傑在接到報案後奔赴現場，不得其解，因為這條命案非同一般，且不說作案動機及兇手何人無法知曉，就是眼下這兩道難題又如何解答？第一，書房與外界隔絕，唯一的房門有是緊閉死的，兇手如何能夠進出？第二，這把凶刀既小又奇，又如何刺進死者咽喉？

狄公深入現場勘查後，考慮到丁虎國書房關門落鎖，兇手無法進出，想必是某一機關暗器所傷。果然，暗器就在丁虎國使用過的毛筆管內。狄公由此推定：丁虎國那夜使用某人饋贈的毛筆寫字，移近右首蠟台燒去筆端飛毛的時候，筆管受熱，筆管內松香之類的凝固物熔化，彈簧張開，匕首飛出，擊中丁虎國。狄公又進一步探查，獲得一個驚人的發現。這件案子有著複雜的歷史淵源。丁虎國犯有原罪，已故朝廷重臣倪壽乾設計且派人用饋贈毛筆的方式刺殺了有辜的丁虎國，而倪壽乾採用這種特殊方式是為了秉公執法。

高羅佩在描繪丁虎國遇刺案時，參照了西方偵探小說中的「密室殺人」的寫作手法，把狄公對這件疑案的偵破活動描寫得有聲有色。

其二是倪壽乾遺囑案。朝廷重臣倪壽乾臨終前令人不解地將一幀山水畫交給後妻，作為留給她與小兒倪珊的遺產。而把所有家產交給他和前妻所生的長子倪琦繼承。倪壽乾去世後，倪琦翻臉不認人，驅逐後母倪夫人和倪珊，大罵倪夫人不貞不潔，有辱亡夫，不

讓倪夫人和倪珊再跨入倪家大門。倪夫人在萬般無奈中找到新任縣令狄仁傑，請求解決遺產紛爭。

狄公聽完申訴後，手撚長鬚說道：「夫人，你亡夫才智過人，此卷翰墨一定不同尋常，寓意遙深，我將它細察細想一番。不過，我須有言在先，此畫祕密揭開之後，也許對你有利，也許證明你確實犯有不貞之罪，不管對你是福是禍，我都將秉公而斷，按律執法。」狄公根據山水畫中的暗示，參照倪壽乾生前所建的一座迷宮式的花園，找到了真正的遺囑。狄公終於明白，聰穎絕頂的倪壽乾採用這種奇妙的方式，是為了扼制不孝之子倪琦，保護幼子。

高羅佩筆下的倪壽乾遺囑案，帶有東方神祕主義色彩，這椿遺囑案同中國老臣的寄情山水善擺八卦聯繫在一起，朦朧而氤氳，自有一種氛圍縈繞其間。

其三是白蘭失蹤案。鐵匠方正家的大女兒白蘭去街上購物，旋即失蹤。後來，據說一位後生在一個月夜於陰森破敗的三寶寺後院碰見過她，此後再沒人看見過她。狄仁傑在踏勘倪壽乾生前所建迷宮園時，發現一具女屍，經檢驗，確係白蘭。

狄公對鐵匠方正的遭遇深表同情，嚴密查索，查出係悍婦李夫人所為。這位悍婦因犯有謀殺前夫罪而被證人發現，為搪塞證人的告發和糾纏，她處心積慮地拐騙婦女。白蘭被騙，落入她的魔手。李夫人見官府搜查風聲緊，竟喪心病狂地殺害了白蘭。

高羅佩描寫的白蘭失蹤案，恍惚迷離，起始驚懼，結尾明瞭。

高羅佩出色地摹繪了狄公所破三大疑案。這三大疑案同當時發生的錢牟稱霸蘭坊，倪琦陰謀造反以及前任潘縣令城外喪命案扭結在一起，構成名副其實的迷宮案。在矛盾鬥爭中，狄公形象閃耀出奇光異彩，高羅佩逼真地反映了狄公的從容不迫，老謀深算的清官形象。

（二）從公案小說到偵探小說

在西方偵探小說誕生之前，古老的中國就存在著一種同偵探小說相似而又不同的通俗文學品種——公案小說。它是從話本故事演變而來，大多寫封建社會清官廉吏斷案的故事。例如，明代的《皇明諸司公案傳》、《皇明諸司司廉明奇判公案傳》、《明鏡公案》、《詳刑公案》、《祥刑公案》、《海剛峰先生居官公案傳》、《包孝肅百家公案傳演義》、《龍圖公案》，清代的《施公案》、《彭公案》、《劉公案》等，它們「俱名為短篇的故事，每則各不相屬，如《三言》、《兩拍》之類的總集，它僅僅是以講說斷案的故事為主的」（孔另境《中國小說史料》）。

就破案這個主題而言，公案小說同偵探小說相類似。但在破案的過程及方法的描繪方面，公案小說與偵探小說有很大的不同，它是中國古代清官軼事和民間傳說之志異，缺乏驚險的懸念和嚴密的推理，沒能形成西方偵探小說那樣的格局。

高羅佩根據豐富的中國古代史料，對中國公案小說進行了改造和革新。《迷宮案》與其說是一部公案小說，倒不如說是一部偵探小說。高羅佩用中國古代公案故事的「舊瓶」，來裝西方偵探小說的「新酒」，把中國公案小說改造為西方偵探小說。

1、扣人心弦的懸念

高羅佩的狄公探案，開卷便展示案情，布下懸念。故事發展往往數案齊發，犬牙交錯，情節生動曲折，撲朔迷離，結尾收煞才揭示真相，《迷宮案》中的三大疑案的始末即是如此。而中國傳統的公案小說則往往缺少懸念，罪犯的姓名和歷史，作案動機往往在故

事一開始便交代明白，高羅佩緊緊抓住了懸念這個要素，超越公案小說，臻於偵探小說。

2、絲絲入扣的推理

高羅佩筆下的狄公具有西方大偵探的風度。狄公運用邏輯推理勘破奇案的能力，經高羅佩渲染，絲毫不遜於福爾摩斯等現代西洋大偵探。而中國古代公案小說的破案故事，儘管清官才智過人，有時不免要占卦問神，神靈對案情的發生發展和案件的勘破又每每起至關重要的作用。高羅佩的「狄公案」揚棄了公案小說中鬼神的啟示，科學解剖自然現象和犯罪祕密。

3、恍然大悟的解結

中國古代公案小說的結尾，往往不厭其煩地描繪如何處置罪犯，以及罪犯到了陰曹地府以後又如何受苦受難，強調勸諭作用。高羅佩描寫的狄公探案，往往幾案並發，凶異迭出，又互為牽連，彼此襯托，虛實掩映，紛紜炫目，謎底抖開時，才使讀者恍然大悟，陶醉在情緒的饜足和理智的欣悅裏。

總之，高羅佩筆下的狄公取材於中國古代歷史傳奇，卻又不同於中國古代公案小說裏的「清官老爺」，如包拯、海瑞、施仕倫一類人物，狄公更像柯南道爾的福爾摩斯、克莉絲蒂的白羅，賈德諾的梅森，高羅佩作為一名外國學者潛心研究中國歷史，弘揚中國文化，把中國公案小說改造成為西方偵探小說，這種努力是難能可貴的。這也為中國如何改造公案小說提供了一個很好的啟示。

參考文獻

一、作品

《愛倫坡短篇故事集》，陳良廷、徐汝春譯，外國文學出版社 1982 年。

《白衣女人》，〔英〕柯林斯著，葉冬心譯，外國文學出版社 1982 年。

《月亮寶石》，〔英〕柯林斯著，山珊譯，群眾出版社 1979 年。

《福爾摩斯探案集》，〔英〕柯南道爾著，丁鍾華，袁隸華等譯，群眾出版社 1979 年。

《夏洛克‧福爾摩斯的成就》，〔英〕艾德里安‧柯南道爾著，季昂譯，群眾出版社 1986 年。

《百分之七溶液》，〔英〕尼古拉斯‧邁耶著，章揚恕譯，灕江出版社 1986 年。

《水晶塞子》，〔法〕莫里斯‧盧布朗著，張直剛、米寧譯，黑龍江人民出版社 1980 年。

《斯太爾莊園疑案》，〔英〕克莉絲蒂著，宋兆霖譯，江西人民出版社 1980 年。

《羅傑疑案》，〔英〕克莉絲蒂著，李家雲譯，吉林人民出版社 1980 年。

《藍色特快上的祕密》，〔英〕克莉絲蒂著，於雷譯，新華出版社 1980 年。

《大偵探十二奇案》，〔英〕克莉絲蒂著，王占梅譯，天津人民出版社 1981 年。

《希臘棺材之謎》，〔美〕昆恩著，王敬之譯，群眾出版社 1979 年。

《怪新娘》，〔美〕賈德諾著，周瘦鵑、周大昌譯，貴州人民出版社 1981 年。

《馬耳他黑鷹》，〔美〕漢密特著，陳良廷、劉文瀾譯，雲南人民出版社 1981 年。

《長眠不醒》，〔美〕錢德勒著，傅惟慈選編，廣東人民出版社 1981 年。

《西姆農偵探小說選》，樂嘉智編，群眾出版社 1986 年。

《黃狗》，〔比〕西姆農著，蔡鴻濱譯，群眾出版社 1980 年。

《人命關天》，〔比〕西姆農著，鄧一鷗譯，群眾出版社 1981 年。

《杜倫馬特小說集》，張佩芬譯，上海人民出版社 1985 年。

《狄公探案選》，〔荷蘭〕高羅佩著，陳來元、胡明譯，北方婦女兒童出版社 1986 年。

二、資料

《文壇怪傑──愛倫坡傳》，〔英〕朱利安・西蒙斯著，文剛、吳越譯，
　　陝西人民出版社 1986 年。

《阿瑟・柯南道爾爵士》，〔美〕約翰・狄克森・卡爾著，季昂譯，作家
　　出版社 1986 年。

《喬治・西姆農訪問記》，〔美〕卡・柯林斯著，王永年譯，載《西歐犯
　　罪小說選》，中國社會科學出版社 1980 年。

《啟示錄式的藝術作品──淺論杜倫馬特的小說創作》，張佩芬著，載《外
　　國文學研究集刊》，第 9 輯。

《偵探小說和我》，〔蘇俄〕阿・阿達莫夫著，楊東華等譯，群眾出版社
　　1987 年。

《美國通俗文化簡史》，〔美〕托馬斯・英奇編，董樂山等譯，灕江出版
　　社，1988 年

《西方驚險小說雜談》，施咸榮著，載《西風雜草》，灕江出版社 1986 年。

《外國驚險小說漫談》，傅惟慈著，載《外國現代驚險小說選》，廣東人民
　　出版社 1980 年。

《偵探小說的多方面》，程小青著，載《霍桑探案袖珍叢刊》，上海文華美
　　術圖書公司 1933 年。

《中國小說敘事模式的轉變》，陳平原著，上海人民出版社 1983 年。

國家圖書館出版品預行編目

精采推理：偵探小說的魅力 / 侯敏著.
　-- 一版. -- 臺北市：秀威資訊科技, 2010.04
　　面；　公分. -- (語言文學類；PG0341)
　參考書目：面
　BOD 版
　ISBN 978-986-221-417-6 (平裝)

　1. 偵探小說　2. 文學評論

812.7　　　　　　　　　　　　99002927

語言文學類　PG0341

精采推理——偵探小說的魅力

作　　者／侯　敏
發 行 人／宋政坤
執行編輯／黃姣潔
圖文排版／鄭鉅旻
封面設計／陳佩蓉
數位轉譯／徐真玉　沈裕閔
圖書銷售／林怡君
法律顧問／毛國樑　律師
出版印製／秀威資訊科技股份有限公司
　　　　　台北市內湖區瑞光路 583 巷 25 號 1 樓
　　　　　電話：02-2657-9211　　　傳真：02-2657-9106
　　　　　E-mail：service@showwe.com.tw
經 銷 商／紅螞蟻圖書有限公司
　　　　　台北市內湖區舊宗路二段 121 巷 28、32 號 4 樓
　　　　　電話：02-2795-3656　　　傳真：02-2795-4100
　　　　　http://www.e-redant.com

2010 年 4 月 BOD 一版
定價：220 元

讀　者　回　函　卡

感謝您購買本書，為提升服務品質，煩請填寫以下問卷，收到您的寶貴意見後，我們會仔細收藏記錄並回贈紀念品，謝謝！

1. 您購買的書名：＿＿＿＿＿＿＿＿＿＿＿＿＿＿＿＿

2. 您從何得知本書的消息？

　□網路書店　□部落格　□資料庫搜尋　□書訊　□電子報　□書店

　□平面媒體　□ 朋友推薦　□網站推薦　□其他＿＿＿＿＿

3. 您對本書的評價：(請填代號　1.非常滿意 2.滿意 3.尚可 4.再改進)

　封面設計＿＿　版面編排＿＿　內容＿＿　文/譯筆＿＿　價格＿＿

4. 讀完書後您覺得：

　□很有收獲　□有收獲　□收獲不多　□沒收獲

5. 您會推薦本書給朋友嗎？

　□會　□不會，為什麼？＿＿＿＿＿＿＿＿＿＿＿＿＿＿＿

6. 其他寶貴的意見：＿＿＿＿＿＿＿＿＿＿＿＿＿＿＿＿＿

＿＿＿＿＿＿＿＿＿＿＿＿＿＿＿＿＿＿＿＿＿＿＿＿＿＿＿

＿＿＿＿＿＿＿＿＿＿＿＿＿＿＿＿＿＿＿＿＿＿＿＿＿＿＿

＿＿＿＿＿＿＿＿＿＿＿＿＿＿＿＿＿＿＿＿＿＿＿＿＿＿＿

讀者基本資料

姓名：＿＿＿＿＿＿＿＿＿　年齡：＿＿＿　性別：□女 □男

聯絡電話：＿＿＿＿＿＿＿　E-mail：＿＿＿＿＿＿＿＿＿

地址：＿＿＿＿＿＿＿＿＿＿＿＿＿＿＿＿＿＿＿＿＿＿＿

學歷：□高中(含)以下　□高中　□專科學校　□大學

　　　□研究所(含)以上 □其他＿＿＿＿＿＿＿

職業：□製造業 □金融業 □資訊業 □軍警 □傳播業 □自由業

　　　□服務業 □公務員 □教職　□學生 □其他＿＿＿＿＿

To：114

台北市內湖區瑞光路 583 巷 25 號 1 樓

秀威資訊科技股份有限公司　　　收

寄件人姓名：

寄件人地址：□□□

- -

(請沿線對摺寄回,謝謝!)

秀威與 BOD

BOD（Books On Demand）是數位出版的大趨勢，秀威資訊率先運用 POD 數位印刷設備來生產書籍，並提供作者全程數位出版服務，致使書籍產銷零庫存，知識傳承不絕版，目前已開闢以下書系：

一、BOD 學術著作—專業論述的閱讀延伸
二、BOD 個人著作—分享生命的心路歷程
三、BOD 旅遊著作—個人深度旅遊文學創作
四、BOD 大陸學者—大陸專業學者學術出版
五、POD 獨家經銷—數位產製的代發行書籍

BOD 秀威網路書店：www.showwe.com.tw
政府出版品網路書店：www.govbooks.com.tw

永不絕版的故事·自己寫·永不休止的音符·自己唱